顾　问　金　波

出版人　董素山　刘旭东

策　划　田浩军　王志刚　庞家兵　郝建东

主　编　张冬青

编　委　常　朔　张艳丽　高　倩　王天芳
　　　　张彤心　纪青云　郝建国　武小森
　　　　韩联社　孟醒石　闫荣霞　米丽宏
　　　　董英明　谷　静　刘宇阳　王　哲

图书推广　夏盛磊

~思维与智慧 丛书~

厚藏时光

HOU
CANG
SHI
GUANG

顾问 金 波
主编 张冬青

河北出版传媒集团
河北教育出版社

图书在版编目（CIP）数据

厚藏时光 / 张冬青主编. —— 石家庄：河北教育出版社，2024.4
（思维与智慧丛书）
ISBN 978-7-5545-8248-0

Ⅰ.①厚… Ⅱ.①张… Ⅲ.①故事–作品集–中国–当代 Ⅳ.①I247.81

中国国家版本馆CIP数据核字(2024)第026246号

书　名　厚藏时光
　　　　　HOUCANG SHIGUANG
主　编　张冬青

责任编辑　刘宇阳　王　哲
装帧设计　牛亚勋
插　　图　郭　娴
营销推广　符向阳　李　晨
出　　版　河北出版传媒集团
　　　　　河北教育出版社　http://www.hbep.com
　　　　　（石家庄市联盟路705号，050061）
印　　制　保定市正大印刷有限公司
开　　本　787毫米×1092毫米　1/32
印　　张　8.25
字　　数　129千字
版　　次　2024年4月第1版
印　　次　2024年4月第1次印刷
书　　号　ISBN 978-7-5545-8248-0
定　　价　35.00元

版权所有，侵权必究

阅读散文的趣味

金 波

——《思维与智慧丛书》序

我希望更多的人有阅读散文的趣味。

散文作为一种文学样式，在和其他文学样式的对比中，彰显着它鲜明的特点。特别是把散文和诗加以对比，散文的特点就更加突出了。例如，有这样一些比喻：

诗是跳舞，散文是走步；

诗是饮酒，散文是喝水；

诗是唱歌，散文是说话；

诗是独白，散文是交谈；

诗是窗子，散文是房门。

这些比喻,从对比中呈现着散文的特征。散文贴近现实生活,所表现的更为具体真实;散文关注的生活很广阔,但表现手法灵活多样;散文可以和各种文学样式相融合,但不会丢失它的本色,同时它又吸纳各种文学样式的特征,形成了散文从题材到技法的丰富性。

有人说,散文是一切文学样式的根。我赞成这一看法。因为你无论是写小说、写戏剧、写文艺批评,甚至写哲学、历史著作,都离不开散文。凡是从事写作的人,都得有写作散文的基本功。所以有人又说,写好散文,才能获得作家的"身份证"。

写散文是进入文学殿堂必经的门,读散文也是进入文学殿堂必经的门。读散文的趣味很重要。散文可以抒情,可以叙事,可以议论,可以写景,可以状物,各体兼备,风格多样。

我们提倡"自觉的阅读",不妨从阅读散文开始。喜欢阅读散文的人,会静下心来,会养成慢阅读的好习惯。散文是可以品读的,因为散文最易于形成多样风格,让我们增添一些不同的品味和审美的趣味。

基于此,这套丛书对入选的散文进行了深入的梳理、开掘,以全新的视角,发掘出了独特的价值体系。遴选了四个具有温暖、善美、纯真、禅意特质的主题，用文字和图画来传递人性的真善美，倡导仁爱和谐，表达对生命的探索与诉求。这套"思维与智慧丛书"，共四册，包括《春风辗转》《半窗微雨》《厚藏时光》《烟火清欢》。

收入本丛书的，都是一些短小的散文，可归属于文学性较强、艺术风格较为鲜明的"美文"。有的朴素简明，有的干净利落，有的妙趣横生，有的深邃启思。我设想有很多的读者（他们可以是从九十九岁到九岁的老少读者）在一个安静的时刻阅读这一篇篇令人安静的散文，用真诚的心态阅读这一篇篇真诚的散文，用享受语言之美的感觉阅读这一篇篇纯美的散文。我们默默地读着，却能在灵府的深处，隐隐地听见语言的韵律，入耳入心，贮之胸臆，久久享用。

阅读散文的趣味一定是隽永的。

二〇二四年新春，于北京

目录

煎和熬都会变出美味

003　人生不是为了赛赢别人　\徐徐

006　规矩和自由　\陈斌

010　不必多　\王吴军

014　"静"中藏了个"争"字　\陈鲁民

018　每一株棉桃都会开　\钱永广

022　以柔软待世　\彭晃

025　奔跑的伤　\包利民

029　煎和熬都会变出美味　\崔修建

033　时光是一块从天而降的陨石　\甘正气

037　小麦不急　\陈莉

041　这些年，我们丢失了什么　\薛峰

046　美好静态　\姚文冬

050　树是人的榜样　\葛瑞源

053　慢慢来，我等你　\潘玉毅

秋也是一种春色

059　轻装才能行远　\孙丽丽

064　不妨较真　\草予

067　用来浪费的时间　\王太生

071　只管种好你的豆子　\钱国宏

075　秋也是一种春色　\朱宜尧

081　地上的云朵　\刘江滨

086　治愈自己的方式　\厉勇

090 再大的空间也会被塞满 \孙道荣

094 放牧一笼云 \麦淇琳

098 如果打桨激起水波 \梅寒

102 勿以善小而不为 \马军

106 乌龟何必与兔子赛跑 \董建华

110 微微的歉意 \章铜胜

114 见字如晤 \孙克艳

愿你的内心山河壮阔

121 愿你的内心山河壮阔 \马亚伟

125 所有的星星都属于你 \曹春雷

128 与珠峰对视 \陈志宏

132 小便宜 \安宁

136 一卷疏朗 \李丹崖

138 敬惜母语之美 \李晓

142 人生算题 \林志霞

146 山腰也有好风光 \李光乾

150 风檐展书读 \邹世昌

154 早 \吕游

162 旁观者，未必清 \程应峰

165 不过是惜物 \蒋曼

169 无用之美 \李柏林

176 整幢大楼都是热的 \胡建新

179 读书便佳 \耿艳菊

所有的结局都未曾写好

185 被叶子治愈 \肖海珍

189 把"近忧"抛给未来 \马海霞

193　所有的结局都未曾写好　\王国梁

197　不跟别人比悲欢　\羲水

201　徜徉　\路来森

205　南北东西都有路　\米丽宏

209　等风来　\王丕立

212　其余的都是锦上添花　\张军霞

215　不知道　\逄维维

218　一颗素心对日月　\卿闲

222　送别　\何小琼

225　千里之行,始于心灵　\张云广

227　时间　\向墅平

232　好的彼岸,永远都是更好　\韩青

236　一棵不开花的苹果树　\陌上青青

煎和熬都会
变出美味

人生不是为了赛赢别人

徐徐

人生不是一场接一场的比赛，脚下之路，也不是一条条赛道，因此，不必时时想着要赛跑，更不必想着要处处赛赢别人。

凡是想着要赛跑的，一定都难以真正快乐和幸福起来，因为赛跑，主要就是为了赢，就会背负上赶超别人的压力，没有人能伟大到赛跑是为了锻炼身体或成就其他跑者。击败对手，获得好成绩，赢得胜利，是赛跑的终极目的。

这在竞技场上，无可厚非，但人生不是竞技场，即便是，也不必处处要想着赢。有一个故事，两个参加比赛的拳击手，上台前，一个在心里默念：我一定要打垮他，拿下这场比赛，赢得胜利，晋级下一场；另一个则在想：希望我们都不会受伤，他是一个优秀的同行，能和他比，一定会提高我的技术，让我获得一次进步的机会。

我欣赏第二个拳击手，心态好，正向，想着是进步和提高自己，而不是赛赢对手，打败别人。

行进在漫长的人生之途中，我们应该要多向他学习，为什么非要想着赛赢别人呢？非得不如我们，败给我们吗？即便他们败了，那也是他们自己的事，不用我们刻意去击打。

我们可以变得更强，更好，更优秀，或者说本该有如此追求和抱负，但绝不是为了跟别人比，赛赢别人，而是为了跟自己比，通过不断学习进步，赛赢之前的自己。

一心想赛赢别人，然后为此付出很多，即便成功了，也不值得大力推崇，因为其出发点，就带有很强的功利目的性，甚至有较强的自私自利性，心中只有自己，靠打败别人，成就自己。

为了赢，有些人甚至破坏赛跑公平，不择手段地使用外援

帮手，谋求占有和利用各种资源为己所用。这样的赢，就更不值得推崇了，因为胜之不武。虽然赢了，但并没有真赢，没赢过从前的自己，没让自己变得比之前的更优秀、更好，且在个人道德品质方面不进反退了。

人一旦有了赛跑的输赢之心，就必然有胜负之意，最终反而难成大器，难以取得好成绩。纵观古今中外，无论是璀璨的文学艺术，还是卓越的科技成果，没有一项是通过赢过别人而流芳千古和推动人类进步的。

人生不是为了赛赢别人，为了赛赢别人的人生，不会快乐，也不会是真赢。不信，试试看。

规矩和自由

陈斌

在公交车里听到了两个妈妈在辩论。一个要给孩子的成长营造自由的氛围，在孩子的成长里，不设置过多的条条框框影响他的自由发挥；而另一位妈妈却旗帜鲜明地提出了反对意见，她认为家庭就是社会的预演，在孩子进入社会之前，就要让他提前熟悉社会的运作规则，只有在家里事先设定合理的规则，在这些规则之内孩子才享有充分的自由。这样的谈话结果也是可想而知，闹一个不欢而散是很正常的。

亲戚家有一个熊孩子，在父母跟前动不动就发脾气，甚至

大庭广众之下撒泼打滚，最后去看了心理医生，才发现这一切都来自孩子自身的挫败感。过多的自由之下，他本身就没有任何的边界感，他不知道父母对他的期望是什么，社会的期望又是什么，他的定位应该在哪儿，收获受挫感就难以避免了。在孩子成长路上，很多人总认为不要给他设置太多的规矩，规矩太多对于成长总归是不利的，其实没有规矩反而会成为成长路上的拦路虎。到后来他们给孩子定了很多的规矩，甚至请我带他一起去观鸟，磨一磨他的性子。出发前我也给他定了规矩，要求他在观察大队里不能发出任何声音，令行禁止。小孩子立刻就不高兴了，但我没有妥协，就让他在后面发脾气。我对他说，该遵守的就是要遵守。到了最后，为了获得更好的体验，他也无形中接受了我的规矩，态度也逐渐好转。后来他的父母和我说起来，从那之后他们也给他定规矩，他的脾气也开始好转了，情绪也逐渐稳定，待人接物也更为稳妥了。规则其实能带来更大的安全感和确定性。每一个人在生活中都要获得自己所在区域的边界，并不是一切随心所欲、没有规则的自由。如果一个人没有明确的行为边界，世界给他的反馈，注定是倾斜的。

在我带队观察过程中，我发现小朋友们天生就是探索家和观察家，他们不但能够体会自然，更能够体会跟团队一起共同协助，共同完成观察项目，互相之间也能够依靠着规则来构建自己对于整个世界和人际关系的认知。

我家对面常常传来叫骂声，起因是对面的小女生很喜欢看电视，其父母不喜欢她这样，认为长时间看容易近视，而且耽误功课，所以在小区经常可以听到大声的数落和叫骂声。有几次家长甚至是强行关了电视，小朋友立刻开始哭闹，电视机在开和关之间反复折腾。

如果一开始就明确规定看电视的时间，而且严格遵照执行，而不是一哭闹就妥协，事情就不会这么棘手。这样就等于是在告诉小朋友违反规矩也并不是什么大不了的事情。孩子通常会在各种问题上不停地试探你的底线，探察可以触及哪些底线。父母的反应和规矩就是他了解世界、适应社会的最好途径。

无限制的自由之下，孩子并不能自然而然地成为你所期盼的那个人。规矩才能明确地告诉他，什么事可以做，什么事坚决不能做。规则要明确，态度要坚决，执行更要彻底。

规则既要有明确的限定，也需要边界之内的充分自由，让孩子可以自由地探索，这需要我们在孩子长大的过程中动态调整。毕竟每个孩子状态都不同，伴随着他们的长大，规则也应该与时俱进。当他们个人可以管理自己的时候，规则边界相应扩大能够适应孩子的成长。让这种边界感成为孩子成长过程中的终极自由。规则的目的是什么，并不是牢笼般的禁锢，而是在规矩之下实现充分自由。每一个父母需要成为孩子人生航船的灯塔，要一直指引他们的前进。规矩就是黑暗中的那一束最明亮的灯光。规则越适合孩子，成长就越不容易偏航，目的也就更明确，成长也就更稳妥。

不必多

王吴军

常常会无端地想起并且默默喜欢这三个字——不必多。

是的，不必多。

这三个字的绝妙之处，在于它安详和柔静里透出来的灵动和慧心，还有一丝俏丽的风韵。不必多是非常安然宁静的三个字，透出的意味却有如清风悄然抚过眉间，仿佛是温馨的气息浑然有致，微微地拂过心湖中的漾漾清水，带给人的是轻柔而恬然的浅醉。

闲时读宋词，读到一个名为王观的词人写的这样的句子：

煎熬都会变出美味

"水是眼波横,山是眉峰聚。欲问行人去那边?眉眼盈盈处。"这样的句子宁静中有愉悦,愉悦中有欣然,惟妙惟肖,写出了"不必多"三个字的意蕴,如水墨氤氲的画中的一枝素色莲花跃然纸上,让人忍不住悄悄微笑。

又像是清晨醒来时读到的简洁的留言。不必多。在我的生命里,我悄悄地喜欢着这三个字,这三个字蕴含的安然之趣悄悄地飘入我的梦里,如同落在小轩窗上的轻轻一吻,凝着星子的美丽思绪,弥漫着月色的柔柔情怀,那样轻,那样静,那样美,悄然无声,直入心田。

一下子想起了青春年少的时光里的一些青梅往事,在我捧着一杯茶独自闲坐时,在我站在窗前悄悄听雨声淅淅沥沥飘落时,在我低眉无言而默默思索时,往事一件件,细细地在脑海中轻轻涌现出来。在那些青春年少的时光里,我知道自己曾经被一双清澈温润的目光默默关注着,那目光里的情愫是那样纯粹,带着一些清纯的羞涩,也带着一缕灼热,更多的是无言的真诚和纯洁。在教室的某个地方,从身后的某处,落在我的肩上,还有我的头发上,或者是不经意的一个瞬间的回眸后,便在惊慌中急急地低下了头,而心已经是如小鹿初奔,乱撞了起来。

心中无比感谢那时纯净如水的美好日子，恰如面对着一朵在春风里轻轻绽放的花蕾，它的清香很是纯净，很是矜持，很是高贵，也很是动人。所以，我只是静静地看着，心中在默默地喜悦着，只是将那缕清雅素净的芬芳，悄悄留在心底，不必多，却是青春年华里最为纯真最为纯粹的时光之痕。

还有一些心中的念，在曾经走过的那些刻骨铭心的光阴里，以及那份刻骨铭心的初遇，也会在某一个不经意的时刻，悄悄地、静静地到来。或者是抬头望着一轮圆月挂在柳梢头，或者是在池塘边看着数枝的芦苇开花时，或者是额头边的黑发在风里起舞时，这一些心中的牵念，便悄悄滑入到了那远望的目光里。

而这样的时候，必然会有一股暖流在心底悄然涌起，眼中已经忍不住潮湿了。世事变换，沧海桑田，纯真的情愫却从未走远，一直相伴流年。

一些思绪如月儿皎洁地升起，不必多，却是美丽如一首千千阕歌，那样的旋律和韵味里，萦绕着真诚的牵挂和问候，还有真真切切的祝福，悄悄地，融进了醒来时抬头凝望的目

光里。

不必多。

有真诚,有温馨,有暖意,有牵挂,已经足够了。

是的,很多时候,不论是什么,都是恰当就好,不必多。

许多的东西就是如此,不必多,多了,就无趣了。

不必多。

对于有些事物来说,真的不必多,恰如其分就好,心知肚明就好,心有灵犀就好,若是多了,真的便是索然无味了。

不必多,其实就是——我恰恰在想,你恰恰到来。

"静"中藏了个"争"字

陈鲁民

汉字很奇妙也很有趣，充满生活气息，亦不乏哲学意味，可见先人造字之煞费苦心，独具匠心，让我们受益至今，玩味无穷。譬如，"静"中藏了个"争"字，"稳"中藏了个"急"字，"忙"中藏了个"亡"字，"忍"中藏了个"刀"字。个个都寓意很深，别具情怀，充满了相辅相成的辩证法，亦正亦奇的大智慧。

就说这个"静"字吧，在我们的理解中，静和争是无法并存的两件事，水火不容，势不两立。人既然求静，像陶渊明那

样挂冠而去，寄情田园，那就不要去争了。争得面红耳赤，你死我活，还怎么能"采菊东篱下，悠然见南山"？其实这只是一种片面理解，静还有另外一种不同诠释：争中有静，静中有争，要想静，须先争，越想争，心越要静。

大千世界，芸芸众生，到底都在争什么呢？用司马迁的话来说，"天下熙熙皆为利来，天下攘攘皆为利往。"如果是争名争利，那确实也静不下来，每天争得不亦乐乎，争得昏天黑地，争得头破血流，受困于名缰利锁，教他如何能静下来？但还有另外内容的争，争境界，争格局，争水平。这些争则大都是在静态中进行的。可以通过静静地学习、读书，默默地内省、觉悟，悄悄地磨炼、升华，来达到争的目的。三国大将吕蒙被嘲有勇无谋，就发愤读书，焚膏继晷，手不释卷，后来学问大增，令人刮目相看。民国时，沈尹默的字曾被陈独秀嘲笑为"其俗在骨"，他也没有争辩，而是回去静心反思，苦练多年，废寝忘食，苦心孤诣，终成一代书法巨擘，也给自己争了一口气。

争有两态，即"闹中争"与"静中争"。赤壁鏖兵，长平大战，是闹中争，结果是血流成河，尸横遍野；"十年教训，十年生聚""三年不鸣，一鸣惊人"，是静中争，不声不响间就奠定胜局，不露声色就稳操胜券。静中争是养精蓄锐，集聚实力，苦练内功；闹中争是刀枪相对，唇枪舌剑，擂台较劲。闹中争是百米跑，比拼的是爆发力，静中争是持久战，需要耐心与韧劲，沉得住气，不求一时之高下。善争者皆是静中争的高人，平时不显山露水，不喧嚣浮躁，表面平静，但心中可能有万丈波澜，气势如虹；而一个骄狂闹腾的人，看似气势汹汹，咄咄逼人，实则腹中空空，胸无点墨。

　　静是相对的，争是绝对的。争的最高境界是不争之争，其实也就是静中之争。要想静，须先争。心静，就是不去想那些柴米油盐琐事，但你要把这些东西先争来，才能不去想；心静，就得有一个安静的环境，窗明几净，远离闹市，这也靠自己去争来的。越想争，心越要静。争，就要全力以赴，排除各种杂念，心无旁骛，聚精会神，这时，心静如水，不受干扰，才可能一击而中，一争而胜。

　　物竞天择，适者生存。人生在世，只静不争是懦夫，只争不静是莽汉，皆不可取，还是争中有静、静中有争的好，可以争得气象万千，精彩纷呈。而且，当以静中争者为上。事实证

明，喜欢闹中争的，多是浅薄粗俗之辈，固可以获小胜，但不足以成大事；善于静中争者，能忍辱负重，肯卧薪尝胆，早晚会拨云见日，一飞冲天！

每一株棉桃都会开

钱永广

那一年高考，我因为离最低录取分数线差了两分，名落孙山。我从学校回到家里，整整一个暑假，我看不到任何出路，整日闭门不出，唉声叹气。

眼看新的学期就要开学了，很多高考失利的同学都纷纷选择了去复读，而我还把自己关在屋子里自伤自艾。见我如此沉沦，一蹶不振，那一段日子，奶奶总是隔三岔五来敲我的门，我心烦意乱，每一次她来敲我的门，我总是无端地对她发火。

奶奶是一个宽宏大量的人，每一次我朝她发火，她都隐忍

不发,她总是悄悄地守在我的门口,不停地念叨说:"孙儿,屋后的塘埂上,那一大片棉花开了,你开门出来,我们一起去摘棉花,那一片白花花的棉花,看着你心里就会舒坦很多。"

我躺在里屋的床上,门被我反锁着,无论奶奶在外边怎么呼唤,我都一言不发,我不知道那一片白花花的棉花和我的前途有什么关系。

有一天,奶奶又到我的门前来敲门,说天就要下雨了,那片棉花再不摘,就会烂在棉花地里了。

我一听,赶紧一骨碌起床开门,跟着奶奶,挎着篮子,向我家屋后那片棉花地走去。

我家屋后塘埂,足有一亩多的棉花地。已近秋天,我走近一看,朵朵棉花,果真如奶奶所说,开得白花花一片,再不摘,只要一场大雨,棉花就会烂在棉花地里。

我跟在奶奶身后,一边摘,一边欣赏这秋天棉花盛开的美景。虽说棉花大把盛开,但我发现,花下仍有不少没有盛开的棉桃,它们在低垂着头,像极了高考失利的我,在垂头丧气。

我摘下一个没有开花的棉桃,用力想剥开它的外壳,我想取出里面还没有绽放出的棉花。可它的外壳紧紧地咬着,没有一丝缝隙，我费了很大力气也没有剥开。那一刻，我不禁对那一株株盛开的棉花心生敬畏，我想，这每一个棉桃想要开出花朵，需要积蓄多少生命的能量啊！

"你摘这些没有开花的棉桃有什么用？这些棉桃还能开花吗？"见奶奶在一边摘盛开的棉花，一边还采摘那些没有开花的棉桃，我不解地问她。

见我终于肯说话了，种了一辈子棉花的奶奶告诉我，每年棉花盛开后，只要有太阳，把这些没有开花的棉桃摘回家放在院子里晒，每一株棉桃都会开花。

"每一株棉桃都会开花？"听了奶奶的话，我将信将疑。那一刻，我猛然感觉到奶奶是在说我，原来高考失败的我，就是那一株没有开花的棉桃啊！

奶奶把没有开花的棉桃摘回家后，放在院子里晒，没有两天，棉桃真的开出了花。

见那些摘回家的棉桃，真的开出了花，我终于鼓起勇气，重新走进了学校，成了一个复读生。接下来的日子，我不再自暴自弃，我相信奶奶的话，只要有太阳，只要汲取了向上的力量，每一株棉桃都能开花。

第二年，我终于考进了一所理想大学。拿到大学录取通知书的那一天，我几度哽咽，我终于做到了，我像那一株棉桃，虽然迟了点，但是终于开了花。

那一年，我和奶奶去摘棉花时，我根本没有想到，奶奶会告诉我一个这么管用的道理。

自那以后，我一直记得奶奶的话，只要有太阳，只要你努力，每一株棉桃都会开花。

以柔软待世

彭晃

我相信每个人都有一个善良柔软的角落,在这个与世隔绝的角落莳花弄草,缓慢地开辟出属于自己的后院。

看多了世事无常的故事,惊叹于人心的多变。人性是如此复杂,连我自己都没有办法完全说清。但是,世界上有些东西是不变的。漂泊几十年后归家的游子知道,乡音是不变的。一任阶前听雨的老人知道,雨声是不变的。大漠中的落日是不变的。还有什么?还有善良和美是不变的。

这个世界每天都有新鲜的价值观层出不穷,每天有无数

煎和熬都会变出美味

的人在我们身边来来去去。很多即时新闻和网络短评让我们恐慌，恐慌我们的善良和柔软会让我们在社会中吃亏，也让我们麻木。恐慌和麻木都是善良的死敌。上善若水，善良和柔软也应该像水一样澄澈无波，不掺一丝杂质，可进可退。也应该像水一样敏捷，流水不腐，不能被外界的信息麻木。

也许这个世界曾经伤害过你。也许你已经收起了你的柔软，以对抗的姿态来面对世界，这样没什么错，因为每个人都会经历这一步。关键是，你是否还能找回你的柔软。在受伤之后，你是否能够重新拥抱世界，是否能保持自己的良善纯洁，是否还能相信别人，不存心机地与人交往。这是一个关于勇气的问题。我总是相信，柔软不是妥协，它不是向世界委曲求全。佛语有云：遇逆甘受，逢苦不忧。柔软是这样一种甘心承受的姿态。无故加之而不沮，柔软是这样一种云淡风轻的生活方式。柔软不是懦弱，真正的懦弱是不敢承担也不能放下，如太宰治所说，懦夫连幸福也害怕，碰到棉花也会受伤。而柔软，使世界上无论多么艰难的事都变成棉花。

这个世界会好吗？我不能回答这个问题。我知道这个世界不能被柔软征服，它已经变成浮躁的战场。年轻的时候，人人满怀一腔热血，想凭自己的力量改变世界，但是，最终发现，只能通过温和的法子去一点点激发善，却没有办法根除恶。也许这个世界正在被一点一滴的美、一点一滴的善、一点一滴的爱改变。

我想起博尔赫斯的一首诗：昨天，你只拥有全部的美；今天，你还拥有了全部的爱。让我把这句诗送给未来柔软的世界，现在目之所及我们只会被自然之美撼动，终有一天，爱会充盈其间。

多年后，我将如何贺你？以柔软。

奔跑的伤

包利民

小时候特别愿意和伙伴们一起玩儿古代战争的游戏，拿着自制的武器，满村子奔跑。那时每天听收音机里的评书，《三国演义》什么的，对于那些大将纵马驰骋沙场的情景神往不已。邻家倒是有一匹小白马，可是大人不让骑着玩，这让我们的战争少了许多乐趣。

有一天在我家院子里正玩儿着，家里的几头猪饿了，嗷嗷叫着跑出来求食。我们立刻眼前一亮，猪很大，可以骑猪打仗啊！我们曾试过骑狗，只是狗太不强壮，而且不老实，所以也就放弃了。于是纷纷扑向猪,猪远没有狗灵活,我抢到了那头最大的白猪,骑上去,它很强壮,居然驮得动我。回手一拍猪屁股,嘴里喊着"驾",没想到猪的动作太快太灵活,一下子蹿了出去,把我甩在了地上。

看来古人驯烈马,我今天也得驯猪,让它服了才能乖乖认主。于是跑过去,把猪抓住,再次骑了上去。四处一看,有的伙伴还在四处抓猪,猪们号叫着满院乱窜,有的已经骑在猪背上,有的也被猪掀翻在地。一时乱哄哄,我紧拽住猪耳朵,它受了惊一般猛跑,速度极快,吓得我伏着身子,最后还是被甩了下来。正吵闹得欢,父亲从屋里出来一声大喝,立刻,人猪皆逃。

我从地上爬起来时,伙伴们都没了影儿,猪们也大多跑了,只有一头猪似乎跑不动了,瘫在那儿哼哼着。父亲走到近前,轻踢了那头猪两脚,它只是屁股坐在地上,两条前腿立起,用力向前拖着后半个身子走。这头猪看来是"掉腰子"了,也就是胯部或者腰部关节脱臼,我一时有些害怕,知道闯了祸,想偷偷溜走,却发现伙伴们都在墙头外探头探脑地看着。

煎熬都会变出美味

父亲拿起一条鞭子，我吓了一跳，伙伴们也都把头瞬间缩了回去。只是父亲并没有走向我，拿着鞭子直奔那头猪，用力抽在它身上。我惊呆了，伙伴们也在墙头上睁大了眼睛。父亲用力地抽着，猪惨叫着，用力向前爬，随着一鞭一鞭地落下，它也越爬越快。父亲撵着它打，它两条前腿用力跑，后腿也拼命蹬着，跑着跑着，它忽然就站了起来，然后很快地跑没影儿了。

然后，父亲告诉我们，猪"掉了腰子"，就得强迫它用力跑，它的力气用到极限，跑到一定速度，它的关节便一下子就归位了。否则，人给它推拿什么的，太费劲儿，而且还不一定弄得好。这是祖辈流传下来的一个办法，非常实用有效。我们听得新奇，连伙伴们也都不知不觉又回到了院子里。

后来在世事的风尘里辗转，也曾经历了太多挫折，受过太多伤，那是多少安慰也治愈不了的。只能逼着自己不停地向前奔走，因为越是停下来，越是闲下来，就会越痛。就这样不停地走，走着走着，伤就好了。所以不能自怨自艾，更不能自暴自弃，要强迫自己，要对自己狠心一些。只有梦想会让我们忘了痛苦，只有长路能治愈我们的悲伤。

一个最好的朋友,曾经当过多年的猎人,他经常给我讲山林里的事,那是一个我不曾了解的神奇世界,常常神游其中,流连忘返。有一次他说了一件事,他们曾多次捕捉到小野猪,发现小野猪的屁股上密布着疤痕。他感到很好奇,就想弄明白这些疤痕到底是怎么来的。我听了也是猜测不出,在成年野猪的保护之下,小野猪怎么还会受伤呢?

以后他就留意观察,终于找到了答案:野猪群经常在山里奔跑,或为了觅食生存,或为了躲避危险。小野猪便在野猪群里跟着一起跑,它们太小,经常会跌倒,会跟不上,会停下。可是大野猪丝毫不娇惯它们,每当它们停下,公野猪就用尖尖的獠牙挑它们的屁股,逼迫它们继续奔跑。小野猪就是这样,在不断地受伤中努力奔跑,奔跑成体质强健的大野猪。

或许,这才是一种真正的爱吧。在这里不说爱的问题,在我们的成长和生活中,有谁没有受过伤呢?很多时候,也是伤痛给了我们力量,被迫也好,挣扎也好,才使得我们在长长的路上一直走下去,走到伤愈,走到疤痕成了花朵,走到只属于我们自己的远方。

煎和熬都会变出美味

崔修建

近日,一篇短短的博士毕业论文《致谢》迅速刷屏,走红各大网络平台,作者黄国平身处异常贫寒的生活窘境之中,却从未抱怨命运多舛,而是笃定"把书念下去,然后走出去,不枉活一世"这一信念,一路顽强打拼,走出了四川的一个小山坳,考入西南大学,被保送到中国科学院自动化所硕博连读,成为某知名企业人工智能实验室的高级研究员。

一位年轻的大学生跟我聊起黄国平,说他要感谢苦难,我立刻大声纠正道:"不要感谢苦难,要感谢不曾被苦难打倒的自己,感谢纵然有那么多风雨在头顶交织,自己依然保持奋力前行的姿态……"

遥想当年,我出生在东北平原上一个鲜为人知的小村庄,几十户人家,守着被丘陵割成一小块一小块的薄地,日出而作,日落而息。

那时候,村子里家家都很贫困,低矮的草坯房,昏黄的灯光,缓慢的牛车,落满补丁的衣褂,长年累月的咸菜……当年吃下的很多苦,或许里面正藏着后来的很多甜。

小时候,我特别关心的一件事,就是到哪里找到好吃的东西,如何让饱肚子维持的时间久一些。那会儿,细粮极少,全家人只能在春节吃上两顿饺子,平时几乎天天是单调的高粱米饭、玉米面饼子、玉米面粥。下饭的菜,便是自家房前屋后的小菜园里种的寻常蔬菜,一年四季,吃得最多的老三样——土豆、白菜、萝卜。偶尔吃上一顿肉,得回味好几天,大人和孩子们的肚子里油水都少得可怜,饥饿时常袭来,自然而强烈。

尤其是那些山寒水瘦的冬日里,正在长身体的我,经常还没到开饭的钟点,肚子便被饥饿弄得咕咕直叫唤。我赶紧到厨房转一圈,只要是能吃的东西,抓过来便一通狼吞虎咽。

煎和熬都会变出美味

那天,实在找不到可吃的东西了,我饿得直喝热水。祖父见到了,便安慰我:"等一会儿,我给你弄点儿好吃的。"

一听说有好吃的,我立刻来了精神,跟着祖父坐到外屋的小火炉旁,看着他将一颗土豆削好皮,切成薄片,摊放到烧得微红的铁皮炉盖子上,伴着一阵哧哧啦啦的声响,土豆片冒出一缕白雾,飘出一股好闻的香气。再翻煎两次,外焦里嫩的土豆片,就被祖父用两根柳条筵子夹到了碗里。趁着热乎劲儿,我咬了一口,唇齿立刻被一种特别的芳香占领了。

祖父还给我做过一道此生难忘的美味,是将菜园里种的十几个其貌不扬的甜菜疙瘩洗净了,切成小块,放到大铁锅里,添上很多水,盖好锅盖,往灶膛里塞上干柴,用旺火猛熬一顿,直到甜菜都酥软了,再用小火慢慢地熬,待锅里的水快熬尽了,撤了火,用锅底的余热继续熬。大约五六个小时后,掀开锅盖,锅底便聚了一堆蜂蜜般黏稠的酱紫色糖稀。

用勺子舀一点儿糖稀,抹到玉米饼上,粗糙的玉米面,立刻多了一份甜滋滋的味道,真是越嚼越好吃;放一点儿糖稀在玉米面粥里,搅拌一下,红糖一样的糯甜,马上就打动了舌尖,接着又从喉间一直绵延到腹中。有时忍不住,只吃一大口糖稀，那股齁甜的感觉，至今仍难以忘怀。

煎和熬都能变成美味，即使是清贫的日子里，只需动手，将普通的土豆片在炉子上煎烤一下，或将不起眼的甜菜疙瘩在锅里熬上一番，就能够魔术般地变出久久香甜的美味。

不管来路几多坎坷，也不问去程几多磨难，历经煎熬，愿我们归来时，依然生命葱茏，微笑如花，风采翩然。

时光是从天而降的一块陨石

甘正气

"时间为什么过得越来越快了？"岁末年初，微信朋友圈里这样感慨的不在少数。

记得曾有人就此写过短论，但是语焉不详，兼以言之不文，最终不知所云，似乎浪费了一个好题目，逗引人起了同题作文的冲动。杜甫、高适、岑参、储光羲竞赋《登慈恩寺塔》，朱自清、俞平伯同撰《桨声灯影里的秦淮河》，留下文坛佳话，我们何妨一试？

时间越过越快，可能源于我们有了时间意识。

没有金钱观念的小孩儿，以为一万块钱有很多；没有时间意识的少年郎，也曾觉得一年颇为漫长。

金钱观念不是知道元、角、分，时间意识也不是认得时、分、秒，时间意识不是看日历翻过，衣装换过，不是眼见春花开、秋叶落，也不是耳听夏蝉疯噪、冬鸟哀啼，它溢出物候学的范畴，有远超年月日的内容。

时间意识的形成一般也落后于金钱观念，所以我们往往先觉得"缺钱"，而后很多年才慢慢觉察"没时间"。年少时，坐着绿皮火车，听它在仿佛无际的广袤旷野上哐当哐当，也不心焦；灰白染上发梢，喷气式飞机稍微晚到一会儿就能让人心急火燎。

时间比金钱远为繁复，或许比空间还要特殊，它很难把控和保护。私有财产像哨兵一样神圣不可侵犯，私人空间像国王的神秘古堡那样非请莫入，但是时间却能被别人轻巧温柔地偷走，奇怪的是，别人可以夺去我们的时间，可很难移植到他的身上，有时他也要付出同样的代价，常常是一场损人一万、自损也是一万的游戏，例如两人的一次寒暄。

我们很快就能学会赚取金钱的技术，但却不易掌握赢得时

间的本领。时间,它太狡猾,虽然可以止住沙漏之中沙粒的流泻,可以不去听钟表的嘀嗒,但却无法留住时间,存储它不能够,守着它也白搭,想继承也没辙,时间不是存款,它数额不明、利息不明、何时到期也不明,但明白无误的是:时间是做任何事情时都必须消耗的东西。

一个人的总时间很难计算,只能大致推算,因此也很难像金钱一样精确分配,我们可以将一天的作息安排到某分某秒,但是却注定无法这样安顿一生。

时间越过越快,可能源于我们想做的事情越来越多。

工作是自己喜欢的,娱乐是自己爱好的,聚会是自己热衷的,健身是自己乐意的,阅读是自己沉迷的,于是恨不得晚上可以不睡,不再像小时候,学校是父母挑选的,玩耍是受限的,健身方式是广播体操,阅读书目是老师指定。意志自由,让想做的千奇百怪;财务自主,令能做的五花八门;行动自在,使去做的不再一成不变。夜游已经无须秉烛,夜读也不用囊萤、趁月,无论是志在万里还是心在万卷,黑夜已经不能按下忙碌的暂停键,时间哪里够用呢?

人们说,岁月像一支羽箭,直射而去,不再回头。

两千多年前，古希腊思想家芝诺心念及此，做了有趣的思考，构想出"飞矢不动"悖论。"哲学教授只有加上悖论，才能成为思想家"，我们不是思想家，思虑不妨现实点。

飞矢由于受到空气的阻力，是会越来越慢的；生命却如同一块从天而降的陨石，它已经被地球的引力牢牢吸住，它只能下落，但它速度越来越快，冲破气层，擦出灿烂耀眼的火光，它势不可当，发出撕天裂地的吼声，它终将归于尘土，安于沉寂，但它曾经夺目、滚烫、炽热地划过天际，照亮夜空，呐喊着宣告过它的行踪。

或许有人要说，时光的到来或离去从来不会这样大张旗鼓。《左传》有言："凡师有钟鼓曰伐，无曰侵，轻曰袭。"时光对人生只是侵袭，它惯于偷袭。

让我们警惕时光无声的碎步吧。

小麦不急

陈莉

华北的小麦成熟期一般在六月间，春夏之交的当口。每年春天，我都为地里的小麦操着心。

这里的春天总是令人心慌。初春，一边是寒风侵骨，冬服着身，一边是柳枝由枯瘦僵硬变得青绿绵软。仲春，偶尔某一天，阳光炙烤，年轻人竟嗅到了夏天的气息，纷纷换上半袖T恤或薄纱的花花裙子，给人夏天来了的错觉。可是，第二天，天气又调皮地变冷，将人的衣着打回毛衣外套，一个月里都难有机会改变。好不容易熬到晚春，天气忽冷忽热，没有一点儿定性，让那些期望穿上裙装在风中飘逸翩飞的女子，时而欢欣时而焦虑。

出生于农村的人，即使因为工作离开了农村，骨子里仍旧对庄稼农人有千丝万缕的牵念。每年春天，从地里拱出第一丝绿意开始，每一场春雨都让我的心里甜如饮蜜。我想象着雨后的田野里，庄稼在饱饱地吸入琼浆玉液之后，更加鲜亮翠绿，精神抖擞。而每一股寒流冷风袭来时，我又郁闷无助，我想象着核桃杏梨的花朵颤抖着缩在枝头，刚萌发的青果因冻伤而掉落满地。

但是，庄稼们没空理这些。即使是在最糟糕的日子里，诸如四月落雪五月寒流等等，黄瓜丝瓜们也要忙着爬藤抽丝，月季玫瑰们也要忙着打理花苞，小麦们也要忙着拔节抽穗。植物的王国沉浸在自己的事业中，对于忽冷忽热的天气似乎根本无所感知，更不存在丝毫的焦虑。

眼看离小麦的成熟期仅有二十天左右，天气却仍是不疾不徐，慢慢腾腾地踱着方步，我不免心里着急：就这样的凉天，小麦还能长到焦黄饱满，如期收割吗？

正这样想着，天气突然加快了脚步，像换了性子，由温

暾变得凌厉。骄阳在上，每日急火火炙烤着大地。这突然的焦热让人一时有些不适应。农民们说：这天气，是来烤麦子的！麦子和农人心里都明白，天气走得快或慢都是有它自己的节奏的，什么时令要缓，什么时令要急，什么时令要倒走几步，什么时令要向前跳几步，它的心里是有数的。就像现在，它要急着赶着跳着走，去催熟灌饱仁的麦穗，去拔高谁家刚栽几天的西红柿秧，去唤醒路边的木槿花。小麦在似火的骄阳下撒着欢，青绿中渐渐渗出微黄，再从微黄中挤出焦黄。如果站在小麦旁仔细地听，还会听到细微的毕剥声，那是它们由于幸福而溢出的欢笑声。

种瓜得瓜，种豆得豆，自然界里一切的因缘结果自有定数。小麦从出生到成熟，一路上踩着风霜雨雪严寒酷热，有笑有泪，可是它不急，它知道要顺遂自然，苦难来时要哭，幸福来时要笑，只有历尽世间冷暖，才能结出饱满结实的麦粒，只要它一直在路上，不偏离方向，不改变初心。

我想起了母亲的核桃树。去年春天，核桃树熬过严酷的冬天，满树满枝顺利地开满绿色的小花，可是，一天夜里，它们在睡梦中被一场倒春寒突袭，大量的花被冻落，我很替母亲惋惜。母亲却说，不着急，果子结得少了，个子就大了，今年结得少了，养分就消耗得少，明年会结得更多更大。

核桃树和母亲都不急，只有深深懂得天地相和、阴阳平衡和生命无限循环的道理，才能做到从容舒缓。

生命可能会在某一时某一地遭遇坎坷，从而泪流成河，也可能会在另一时另一地欣逢鲜花遍地，从而欢笑成海。每一次的泪水和欢笑都是珍珠，连缀一起便是一个生命的运行轨迹。与这浩渺无边的宇宙相比，一条泪水流成的河，一汪欢笑聚成的海又算得了什么呢？

所以一切都不必着急，不必忧虑，所有的努力一定会使果仁灌饱，所有的奋争一定会让一粒小麦成熟，所有经历的苦痛磨难终会化为一粒珍珠。

今年的小麦又要成熟了，小麦收割机轰隆隆地开始从南方一路向北，鸣唱着一首又一首丰收之歌。

我也在心里种了一茬小麦，渴望着雨雪滋润它，也欢迎倒春寒偷袭它，更期待骄阳炙烤它。我不急，是小麦，总有一天会遍地金黄。

这些年，我们丢失了什么

薛峰

在大学毕业的晚会上，大家都汇报自己已经应聘上了某某单位，以后可以以此地点来联系。

轮到我发言时，我大言不惭：我不给你们留具体的联系方式，因为以后你们随手翻看报刊，都会看到我的名字，都能看到我写的文章，就会知道我的地址和近况了。

真是大言不惭啊！

现在想想，年轻时的那一股豪气与傲气直冲云霄！那些说过的大话，那些吹过的牛皮，如今早已风吹云散。

刚参加工作时，一次公司开全体员工大会，会上，领导提到某件事的某个决定。我感觉这个决定有失公允，便拍案而起，直指这件事的利弊，慷慨陈词。弄得领导张嘴结舌，下不来台。

现在想想，那时太轻狂了，觉得认为不对的就应该指出来，尽管这件事跟自己没有半毛钱的关系，丝毫不顾及别人甚至领导的面子。

初投入教坛时，特别较真儿。有一次一个学生因作文题目问题，少得了几分，我与改卷老师据理力争，争得面红耳赤，我还翻出很多资料来查证，最后都闹到校长那里去了。而现在，这种激情再也没有了。

曾经做过损人利己的事，会忐忑不安好几天；曾经遇到有好感的人，也会害羞脸红、故意躲避不见；曾经梦想有一天仗剑走天涯，如今只愿意安于现状、得过且过；曾经遥想鲜衣怒马少年时，如今已是中年发福身……

这些年，我究竟丢掉了什么？

曾经的白嫩肌肤、清澈眼眸，如今已变得皲裂、干枯；曾经的意气风发、单纯如水，如今已是浮躁世故、妥协圆滑；曾

经的针砭时弊、路见不平一声吼，如今事不关己高高挂起、睁一只眼闭一只眼；曾经的痛恨功名利禄，鄙视名利场上的熙熙攘攘，如今也会随波逐流，为点蝇头小利争执不休。

这些，究竟是不是自己想要的？是不是自己的初心？

突然想起《春天里》中的一句歌词："岁月留给我更深的迷惘。"

有时会有一种莫名的失落感浮上心底，不禁扪心自问：你，或者我，是不是丢掉了那些原本如影随形的本真？

白岩松在《不平静，就不会幸福》中讲道：在墨西哥，有一个离我们很远却又很近的寓言。一群人急匆匆地赶路，突然，一个人停了下来。旁边的人很奇怪：为什么不走了？停下的人一笑：走得太快，灵魂落在了后面，我要等等它。

在时间的路上，你我都是过客和旅人，如果走得太远，会不会忘了当初为什么出发？如果走得太快，总会与一些人、一些事、一些思索，以及一些良辰美景擦肩而过。

很多时候，我们以一种盲从的姿势奔走，行色匆匆，不知所往、不知所终，岁月就这样在身边悄无声息地零落、流逝。起初，并没有在意它的一寸寸、一日日漠然而去，只是当某一天思想安静下来，看春华秋实、飞鸿又去时，不禁默然，原来，在不经意间已把灵魂落在了后面，我们丢失了很多很多。

最初那么多人背起行囊上路时雄心勃勃，心中揣着诗和远方，可后来，因为有太多的负担、变数和身不由己，走着走着，有的人懈怠了，有的人中道颓废了，有的结伴而行的人天各一方了，有的人甚至步入迷途。

《诗经》有言："靡不有初，鲜克有终。"灵魂与生命共舞，方显本色。于右任评价虚云和尚是"入狱身先，悲智双圆"。学者熊培云希望自己能做到一种慈悲而有智慧的生活状态，于是写道："入狱身先，悲智双圆；虽未能至，心向往之。"灵魂摆渡，度人也度己。

试想，这些年，我们丢失了什么？比如美德，比如礼貌，比如诚实，比如纯正，比如宽容，比如自律，比如坚韧，比如责任，比如担当，比如梦想，比如忠诚……——对照一下，看看你丢失了什么，你以前有过什么，现在还保留了什么，扪心自问，自己是不是真的拥有？

世界是一个舞台，也是一个大染缸，忧伤或者欢欣，都是匆匆而过的时间上的一个个节点，光阴掠过，不留褶皱。尘

世总会有渐行渐远的人或者事，如何安放那颗曾经高贵的、深邃的灵魂？给我以日月，则看清沟壑和昼夜；给我以清晨，则沐阳光而远行；给我以睿智，则忍看世事之沉浮。有时，幻想与现实只一步之遥，心向往之，总会从一个风景走到另一个风景。

  时光飞逝，年龄渐长，赶再远的路，不妨驻足回望万水千山的来时路，风雨琳琅中是否失魂落魄走了歧路？人生是一场或远或近的旅行，依着光芒的指引，向着初心的目标前行。适时停下来，等一等灵魂，拾捡我们丢失的东西。

美好静态

姚文冬

那一年，长时间状态不佳，怀疑生活哪里出了问题，便去远方散心，第一站是去浙江师大，看望老同学马教授——睿智如他，或许能帮我找到"解药"。

在金华相聚一天，除了把酒叙旧，还游了被李清照写进过词里的双溪（婺江），但要走了，也没得到想要的"解药"，反而是多了一分离别的感伤。翌日计划去黄山，已定了上午十点的高铁。这个点的票，可以睡个懒觉，然后直接去车站，就不想再麻烦他了。正欲动身，却接到电话，他说正骑电动车往宾

馆赶来，要接我去他家里看看。

都八点多了，再去他家耽误一阵子，岂不误了火车？

虽然歆羡他那弥漫着花香、木香、书香的大书房，还有绿植丛生的露台，甚至喜欢上了那两只越发和我亲近的金毛犬，但我内心的焦躁越发强烈——发车时间在逐秒逼近。他却像是根本不知道我要走似的，殷切地沏茶倒水，慢悠悠说话，竟又与我聊起萧红——他翻出一本少年时我送他的书。我提醒说，十点的火车！他看看表，说才九点，九点半走就赶趟儿。我吓了一跳，那能赶趟儿？他说，你嫂子开车送人去了，九点半回家，开车去车站，满打满算十分钟够了。

这也太悬了吧！

心里慌，屁股就不稳。我踱步到露台，想以此缓解内心的焦躁。他便跟了过来，给我介绍他的花草，还顺手抄起水管子喷水。还有这心思？我越发沉不住气了，却又不想让他多心，便指着一株矮木敷衍说，这个挺好看的。他眼睛一亮，说，是吗？便撂下水管，拉我去露台的背面，你看这里还有一株，他指着那株更壮实的说，这花喜阴，这阴面养的比太阳晒着的好吧。

我的天，我哪有心思去分辨这个！

再次回到书房，已经九点半了，楼下还真响了两声车笛，我刚要问是不是嫂子回来了，他却又重新沏新茶，非让我尝尝。原来，刚才我随口说过我爱喝铁观音，而他先前泡的不是。火烧眉毛了。我真怀疑，他是想故意留客吗？端着茶杯，心里数着秒，我都有点哭丧脸了。他一抬眼，见我这表情，惊诧道："文冬，你怎么这么慌？"说得我倒不好意思了。我着急，但还不想表现出我急于离开。

好在一路畅通，顺利抵达车站，取票，上滚梯，到二楼候车厅，的确没用几分钟，而且才刚有人起身去排队检票。顺着滚梯往下看，老马还站在梯口仰望，不由眼涩鼻酸——十七年没见了，短暂相聚，又要匆匆告别，最后相处的这几十分钟，应是我格外沉迷、倍加珍惜的良辰，可我，心里想的全是赶火车。

是啊，我怎么那么慌？即便误了车又能怎样！记得昨日刚到时，我有些萎靡，我说坐了一夜火车，没休息好。他惊诧，不是卧铺么？我说，上铺的人一直在打呼噜。他更不解了，他打他的，你睡你的啊！当时，我真是无言以对，觉得他是站着

煎和熬都会变出美味

说话不腰疼。

顷刻间,我明白了,他最有资格这样说,他原本就是一个被鼾声包围仍能睡得好的人!从乡村的小学生,到北大的博士,再到大学当教授,他从未离开过校园。几十年来,要么在读书,要么在教书,外面的世界的喧嚣、诱惑、浮躁,都与他无关,他静心于书、茶和植物,还有和那些用他的话说"总是二十岁"的孩子们在一起。接待一个多年不见、远方而来的故人,尚能如此,何况日常居家呢?他活得温文、从容、舒缓,定力十足!活出了一种美好静态。

想起禅宗的一则逸闻,有人问禅师:什么是禅?禅师说:该扫地时扫地,该吃饭时吃饭,该睡觉时睡觉。不觉释然。我终是,从马教授那里拿到了"解药"。

树是人的榜样

葛瑞源

那棵大树因为修路碍事儿被齐地伐倒，残留的树桩横断面上同心圆一圈套着一圈的年轮，周边有些发白，树心部分的颜色较深，布满了细细密密的纹络，看上去潮潮的，湿湿的，有的地方还凝结成了透明的晶状体。也许这棵大树的根部并不知道它的树干已经被伐倒，仍然在努力地汲取着大地的营养，仍然与往常一样在努力地给树干输送着能量。

树的年轮和人的年龄一样，人每过一年增长一岁的年龄，树也是每过一年增加一圈的年轮。我望着树桩上那一圈一圈的

年轮，突然有些感慨，觉得树的年轮里记载着许许多多的刚强，他把所有的悲喜都刻印在年轮里，把所有风霜雪雨的经历都凝聚在年轮里，把年年月月天天里的时时刻刻分分秒秒的体味都写在年轮里。而我们每个人又何尝不是如此呢？聚散依依的婆娑里渲染了几多欢喜与惆怅，风雨兼程的时光里刻记了几多繁华与孤寂，日圆月盈的日夜里藏匿了几多成功与失败，春来秋去，额头上的褶皱一层深一层，苦也好，乐也罢，在低吟浅唱的岁月里，凝聚成淡淡的沉香，成为不断叠加的年龄。

但说实话，人在某些方面并没有树那样洒脱。树站着是一道靓丽的风景，倒下是一身健硕的硬骨，从来不为自己增加年轮而沮丧。而在不少人的心中却常横着一个叫"年龄"的障碍物，为年龄的增长而嗟叹不已。"君不见，高堂明镜悲白发，朝如青丝暮成雪。"是不是很悲怆呢？"岁月匆匆，红颜弹指老。"是不是很辛酸呢？"多情应笑我，早生华发。"是不是很伤感呢？"白发催年老，青阳逼岁除。"是不是很无奈呢？"少壮不努力，老大徒伤悲。"是不是很懊悔呢？"少壮能几时？鬓发各已苍。"是不是很苦涩呢？

春夏秋冬今几度，云卷云舒复几轮。其实，人生匆匆，弹指一挥间,我们的生命体里犹如树木那样不知不觉间便又多了一道年轮。有怎样的年龄,就有怎样的人生使命;有怎样的年龄,就有怎样的处世心境;有怎样的年龄,就有怎样的办事思维和方法。一个人由青涩到成熟,除了自身的修炼外,还离不开时光的打磨、岁月的锻造。光阴可以消磨我们的风华,却带给我们成熟的魅力;风尘能够暗淡我们的容颜,却赠予我们成熟的心智。仅就这些,我们就应该很好地感谢岁月,感谢时光,感谢生活,无须为了年龄的增长而闷闷不乐、愁绪万千。

树是人的榜样,站着时堂堂正正,倒下时无怨无悔。在现实生活中,为什么会有那么多的人怕年龄增长,怕不断老去?岂不知,越是怕,老得越早;越是怕,老得越快。既然如此,那么就不如淡忘年龄,做一棵从不计较年轮的树,成为一个"无龄感"的人,用良好的心态活出自己的恬静和境界,活出自己的深度和厚度,像树木那样用淡泊与从容去丈量岁月的芬芳。

慢慢来，我等你

潘玉毅

读张晓风老师的《我在》，觉得太温暖了，尤其那一句"树在。山在。大地在。岁月在。我在。你还要怎样更好的世界？"仿佛自心底飘来。

我们生活的日常，节奏已然失控。不管做什么事情，总有人在后面催"快点快点"。小孩子读书是这样，大人们工作也是这样。可是催促有什么用呢？再厉害的人也有失手打盹儿的时候，再舒适的工作也有疲倦乏累的时候。再者，不想快的人，催促了他也不会开足马力；快不了的人，催促只会乱了他的节奏。两相比较，与其一味着急，还不如顺其自然。

诚然，时间是不等人的，但是人可以等人啊。

面对同一件事情，同一个场景，你可以表现得急不可耐，也可以表现得从容淡定。反正时间一样过，事情一样做，若瞪眼、发火解决不了问题，何不好好说，给彼此留一份好心情？

对于不同的人而言，吃饭有快慢，走路有快慢，做事亦有快慢，这是再正常不过的事情。如果你吃饭慢我吃饭快，没有关系，你慢慢吃，吃完我等你；如果你走路慢我走路快，也没有关系，你慢慢走，我在前方等你，为你探路，为你引航；如果你做事慢我做事快，同样无须着急，有条不紊地来，我做完了帮你一起做。这样的处事态度，是不是更让人心安，更让人温暖呢？

《庄子》里，尾生与女子约在桥边相会，女子可能是想化妆化得精致一些吧，到了约定的时间，仍迟迟不见人影，河水涨起了，尾生抱着桥柱宁死不退；电视剧《士兵突击》里，面对资质愚钝的许三多，班长史今发扬钢七连"不抛弃，不放弃"的精神，带他一起成长；电影《烈火英雄》里，所有人都在赶着逃离，但是看到哮喘病发作的淼淼，那对与他素昧平生

的老夫妇忽然决定不走了，而是送他去了医院……

阅读这些故事的时候，我们之所以动容，无非是因为故事人物对别人"慢"的包容。只要你说来，我就一直等；只要你不放弃，我也会不离不弃地陪你——不管它大雨来，还是大风刮，不管它冰雹下，还是道路塌，于我们而言都不是阻碍。

今天的车开走了，明天还会再来，今天的太阳落下了，明天还会照常升起，但是人被落下了，就不一定找得回来了，心的支离破碎尤其如此。所以，我不着急，无论何时，无论何事，按着你的节奏，慢慢来吧。

慢慢来，前方不远处就有我。

秋也是一种春色

轻装才能行远

孙丽丽

阿云感觉自己活得好累,工作家庭孩子每样都要兼顾,就连睡梦中也让她困倦不堪,她梦到自己周身缠满了藤蔓,令她喘息不过来。当一个人内心杂草丛生,生活也就没有了头绪,理也理不清,感觉到一颗心负重前行,走得百般艰辛也就不再轻盈自在。

常听有人抱怨:"唉,活得真累!"一个人最大的劳累莫过于心累。两个一起跑步的人,跟在后面跑的总会显得累些。社会在发展,如果跟不上节奏就会觉得累,想做的事情多,可什么也没有做成,看不到希望的光芒,生活陷在一片渺茫混沌中。

皮克·菲尔在《气场是个什么东西》这篇文章中写道:"你只有放弃旧的思维,改变行为模式,彻底臣服于内心正确的东西,调动全身积极的力量,才可为你的能量提供足够的空间,来吸引内心的愿望,向着一个最终的目标前进。"合乎心灵,则是滋养,反之则是消耗。清理掉你内心的负面情绪,调动积极的内在力量,让自己轻装前行。

人每隔一段时间,都要对自己的过去"清零",让自己重新开始。丢掉过去的烦恼和伤痛,轻装上阵才能走得更远。古时候,当临近决战时,每一个军队都要提前清理整顿一番,舍弃不必要的东西,以便"轻装上阵"。

人的心灵就像一个容器,时间长了里面难免会有沉渣,时时清空心灵的沉渣,该放手时就放手,该忘记的要忘记,时时刷新自己,这样才能收获满意的人生!

一位教授带着自己的十名学生做了一个实验:

教授在一个漆黑的房间里架了一座独木桥,然后关掉了屋内所有的灯,他告诉这十个学生:屋子里面很黑,前面只有

秋也是一种春色

一座桥，你们跟着我一起从桥上走过去，你们只要跟着我就行了。这十个学生跟着教授稳稳当当地走过了这座独木桥。

当走到桥的另一边后，教授突然打开了灯，学生们朝桥下看去，不禁大吃一惊：原来在他们刚刚走过的桥下面是一个水池，水池里面居然有几只吃人的鳄鱼。此时，教授对刚才轻松走过独木桥的十个学生说：你们当中有谁敢和我再从桥上走回去？结果却没有一个人敢响应，因为桥下的鳄鱼张着吃人的大嘴在水池里面游来游去，实在是太可怕了。但是教授却要求他们必须站出来，勇敢地再走回去，结果只有三个人连滚带爬地挨了过去。

之后，教授又要求剩下的七个学生鼓足勇气也试试看，但却再也没谁肯尝试了。

最后，教授打开了桥两边的灯，原来，在桥的两边还有一层铁丝做的防护网。看到这里，教授又问这七个学生，还有没有谁敢再从桥上走回去？有了安全保证，就有五个学生果敢地站出来和教授一起走了回去。于是，教授问最后的两个学生：桥两边有防护网，你们为什么还不敢再走回去呢？那两个学生战战兢兢地说：我们怕那个铁丝网不够结实，万一让鳄鱼咬破了怎么办？这太可怕了！

最后这两个人不是没有成功通过的能力，因为他们第一次就轻松地走过去了。可是，当他们看到桥下的鳄鱼时，产生了心理负担，这是他们难以再次成功的心理障碍。

其实，我们在工作中的很多失败也往往是这样，心理的负担太重，以至于根本不敢去尝试，直接选择放弃，也就谈不上什么成功。

一个成熟的人，要明白每天发生在自己身上的99%的事情，对于别人而言根本毫无意义。

在和别人交往中，即使是和最亲近的人，也应该认识到他们是从自己的角度看待生活，而不是从你的角度看待生活。不应该期望任何人，为了另一个人而改变他的生活。每个人，终究是独立的个体。无论在何种关系、何种地位，都不要把自己看得太重。与其纠结你和别人的关系，倒不如学着过好自己的生活。

凡事不要着急，不要气馁，不要放弃，谁都是一步一步走出来的。对于每个人来说，未来都是不可知的，付出努力不一定能够实现愿望。但是不付出，不努力，思想负担太重，根本

就不可能实现。

为了梦想,为了实现自己未来的目标,我们必须学会轻装上阵,这样才能走得轻松,走得更远。当你甩掉思想的包袱,目标专一时,诸多的烦恼也就会离你而去,永远不要怀疑努力的意义,你付出了,就会离目标更近一步。

不妨较真

草予

太过较真,往往被视作矫枉过正:当全世界已开始妥协,偏偏有人依旧冥顽不化;当"难得糊涂"大行其道,也偏偏有人总要活得清醒。一份执着,不知适可而止,于是,成了不讨喜的偏执。

"较真"的标签,也许没有恶意,但也绝无褒意。

生活,自是少不了围魏救赵的玲珑。不就方圆,才能给出更多可能。但也不妨偶尔较真,不轻易改航,也不轻易降帆,既已坐庄下注,就要经得起输赢,既已启程,风雨或是晴,总

秋也是一种春色

要抵达。

不要介意被说成是个较真的人，较真，至少认真。不拘一格的只能是形式，如果被需要，一豆灯火可以比三月春光更温暖。热情，往往是片刻性的。心中的笃定和执意还是必要的，值得较较真。

较真，是一种自我强制。

即便应者寥寥，也要对外界有所传达。在世界沸沸扬扬的应答之前，你才是自己最好的，也是唯一的听众。有时，需要强制地对自己做出拾捡和整理。这种强制，久而久之，便会成为一种推动。热情半途告罄，只有这份较真，才能将自己的土壤犁深，茁壮之前，准备就绪。

这份强制，也是自律。

全世界可以对你宽以待之，唯独你自己，不可信以为真。世界允许每一片疲倦的叶子，接受秋天，落叶满地，毫无责备。自律的松柏，绝不肯随波逐流，为了那一份四季常青，忍过酷暑，挺过严冬。同样，世界并不催促成长，自律的人总在奔跑。

你让全世界皆大欢喜，但这并不代表你也是快乐的。可是，每一个幽默风趣的人，总是笑对人生，只字不提沉浮跌宕。与世界，较真，也较劲。

在没有规矩的人看来，秩序也是"较真"，太过一板一眼。如同清醒，在沉睡的人那里，也是永恒的孤独。可是，生活离不开这样的较真，人间是非纷纭，跟真理较较真，自会尘埃落定。是非对错成为秩序，世界才不会在你一言我一语中，不置可否，乱麻一团。

杀敌一千，自损八百，算不算是较真？

战争是历史的灾难，灾难面前，人一开始就输了，输得温情脉脉，也输得感天动地。文明是历史的成长，成长面前，泪、血、汗，都会成为一种浇灌。战争，赢得了天下，却安不了天下。江湖里，快意恩仇的侠，到最后，只想无冤无仇地抵达来世。

回到个人，一旦开始权衡得失胜负，便已是输了，胜负都已然成为挂碍。如果，只记前行，不计得失，那么，所有的经历皆是努力，成为积极的力量。

较真，不是死磕一个结果，只是，一步又一步，每一步都要算数。

用来浪费的时间

王太生

"春听鸟声,夏听蝉声,秋听虫声,冬听雪声,白昼听棋声,月下听箫声,山中听松风声,水际听欸乃声",这样的形神自在,在清人张潮眼中,才是有情调的生活,他在《幽梦影》中说:"方不虚生此世耳。"

让脚步慢下来,沉浸于那些美妙的人间佳境里,揽物于怀,光影澄明。虽川上之水,匆匆流逝,其实在我看来,有些时间是可以用来浪费的。

可以用来浪费的时间,比如,在旅途上,从甲地到乙地,中间隔着一段距离，我不会像别人那样带一本书来打发，而是用来打瞌睡，待一觉醒来，那些曾经焦躁等待的目标，早已轻松地被远远抛在身后，过程已经省略。或者，一边坐车，一边看窗外的风景。这时候，山是静止的，成了水中的黛色倒影。有一个人，捧着饭碗，站在铁路边，在那儿吃得狼吞虎咽。那一次，从厦门到南京，我一直盯着窗外，看沿途沟壑村落，看到一只鹭鸶，单腿独立，久久地站在水库边，在那儿梳理自己的小心思。

负暄，一个人坐在屋檐下晒太阳，所花费掉的时间，不算奢侈。古人说，冬曦如村酿，一如村中酒坊里的陈酒，老暖、醇厚。享受秋冬暖阳，听窸窣天籁，看银杏树上，最后一片金色的叶子凋落，静谧中发一会儿呆，人像树一样安详。

有的时间是可以用来浪费的。比如，围观一场爱情或一段纠结。虽然故事的当事人不是自己，但观众看得很投入，看得津津有味、目不转睛，甚至还有精彩点评。围观，是一面镜子，那里面会照见自己。

我吃完饭，不喜欢很快地投入做一件事，特别是搬一件东西、打扫居室这样情感和体力起伏较大的事情。而是一个人，

走到楼下静静散步。这些被浪费的时间，在我看来，也未必就很可惜。

品茗，也是要花费不少时间的一件雅事。先要有上好的淡雅新茶，还得有好水。水开只需八分，冲泡于一豆青小壶中，茶汤氤氲，再徐徐倒入紫砂小杯盏中，细细地呷，慢慢地品，幽香自唇边滑过，最后举空杯闻香，似乎嗅到一股茶田和山林气息。有人说，人生如茶，空杯以对，才有喝不完的好茶，才有装不完的欢喜和感动。

年轻女孩子化妆，会用去很多时间，但对她们来说，是认为值得去做的一件事。"当窗理云鬓，对镜帖花黄"，小心翼翼地描眉、涂抹口红，在面部扑上各种妆影，还要淡得让人不易觉察。女孩子最美的姿势，是读诗，坐在藤椅上，凝神托腮，对着天空发一会儿呆。这些被浪费的时间，其实是厚重油彩退却之后的心灵卸妆。

小时候，许多时间被玩耍浪费掉了。外祖母喊我回家吃饭，佯装听不见，在外面捉迷藏、粘知了、推铁环……时间就像耳边呼呼的风一样，被呼呼掠过，这些被浪费的时间，如今凝固成童年美好的记忆。

两个人谈情说爱，那些喃喃如梦的呓语；咖啡和清茶的，呈螺旋上升的袅袅的热气，被浪费的时间，也不是能用数字来计算的。

有些时间，就是用来被浪费的。比如，下雨的时候，季羡林坐在自家阳台上隔着洋铁皮听雨，"这声音时慢时急，时高时低，时响时沉，时断时续，有时如金声玉振，有时如黄钟大吕，有时如大珠小珠落玉盘，有时如红珊白瑚沉海里，有时如弹素琴，有时如舞霹雳，有时如百鸟争鸣，有时如兔落鹘起"。他，听到时光之外的草木一秋。

我在窗下看雨。有一次，坐在某景区的酒店大堂里，窗外是一片泱泱大湖，这个湖由三个湖组成，加起来比西湖还要大，又地处空旷，我看到一道闪电，倏然迸开，从高天直蹿湖心深处去了。能捕捉到闪电，这在生活中是花多少努力也等不来的机会，是那难得的转瞬即逝的一景。

时间就像一个大抽屉，里面塞满许多东西。有些东西我们可能暂时不需要，有一些浪费会腾出许多空间。腾空的抽屉，就变得很轻盈。

只管种好你的豆子

钱国宏

参加工作后的第二年,我在一次重要职位的竞选中,输给了公司里一个名不见经传的毕业生。

那个新应聘的毕业生各方面并不十分出众,她之所以能够击败我,原因或许只有一个:她的父亲是公司的一个重要客户。

这种理由显然难以让人服气。回到家后,我气呼呼地把这件事说给父亲听。父亲静静地听着,默默地吸着烟。我讲完了,他才站起身,抄起门后的锄刀,对我说:"走,跟我铲豆子去!"

父亲在村南的岗上垦出了一片荒地,种上了豆子。由于岗子地势较高,水分易流失,所以豆子长得稀疏泛黄,一如先天营养不良的乡下孩子。岗下也有片地,是村东张伯家开垦出来的,种的是花生。由于岗下地势低洼,花生长得郁郁葱葱,生机勃勃。

午后时分,暑气氤氲,岗上岗下,弥漫着植物特有的浓烈气息。浑浊而闷热的风令人烦躁地在岗上岗下滚来碾去,蒸得人浑身上下黏汗涔涔,特不自在。

我跟在父亲身后挥舞着锄刀。豆子地不太大,很快就铲到了地头。父亲站在垄头的树荫下,指着岗下问我:"那是什么?"

"花生地。"

"这是什么?"又一指岗上。

"豆子地。"我惑然不解地看着父亲。

"哪个长得好?"

我看看岗上,又望望岗下:"当然是花生长得好!"

父亲把锄刀柄猛地往地上一戳:"无所谓长得好与坏!豆

子就是豆子，花生就是花生，比不出好坏来！"见我不解，父亲又说："咱家的豆子能结出花生来吗？"

"不能。"

"你张伯家的花生能结出豆子来吗？"

"不能。"

"对嘛！种地不能胡乱地和别人攀比。甭管别人的花生长得咋样，你只管种好你的豆子就行！"

望着父亲脸上褶皱里流淌的汗珠，我陷入了沉思。大千世界，芸芸众生，我们每个人都有属于自己的位置和角色，我们不可能在每一个位置和角色上都做得出类拔萃、声名显赫，盲目地同别人攀比，会使我们失去自我，到头来只能徒增烦恼罢了。

"种好你的豆子，甭管别人的花生！"我玩味着父亲的话，那一刻觉得岗上岗下所有的暑热都变成了天地间浩荡的清风，吹拂得我的心湖像山溪一样清澈朗润！

多年以后，我看到了著名漫画家朱德庸说的一段话："我相信，人和动物是一样的，每个人都有自己的天赋，比如老虎有锋利的牙齿，兔子有高超的奔跑、弹跳力，所以它们能在大自然中生存下来。人们都希望成为老虎，但其中有很多人只能是兔子。我们为什么放着很优秀的兔子不当，而一定要当老虎呢？！"——朱德庸的肺腑心声，与父亲当年说的那番话异曲同工！

此后，不论在工作中还是生活里，每当我遇到挑战或"刺激"时，诸如"某某高就""某某暴富""某某成为网红"等等，我的耳畔就会响起父亲当年黄钟大吕般的声音："只管种好你的豆子，甭管别人的花生！"于是，我滤除心中杂念，心海波澜不惊，守定做人根本，聚精会神、专心致志、全力以赴地朝心中的目标奔去！

秋也是一种春色

朱宜尧

初春时节，寒冬消解，冰雪融化，一些事物结束，一些事物也有了萌发，好像结束就是一种开始，或者说根本就没有开始，而结束替代了开始。当然，也可以有另一种理解，就是"结束"的时候，"开始"非常弱小，根本看不到它的存在，它在生命的结束中孕育了自己。

雨水一过，遥远的绿星星点点便落了枝头。树还有着冬的萧索与蓬乱，没有一点蓬勃向上，来不及整理自己的发型，而春色浅浅，薄薄一层，带着羞涩，只可远观。那隐隐的绿，还是给春寒料峭的冷带来了一抹希望。

寒冬的日子太长，太萧索，即便是吃穿过于饱暖，过于安妥，也不愿意待在孤寂的萧索里面。包裹的心，从寒冷的里面走出来，从干枯的里面走出来，隐隐地透露自己。那些弱小的生命总会最初蕴藏在那些强大的生命里，被压抑着，直到最后喷薄而出。

弱小才是蓬勃生命的开始。

走进春天，想找到哪一个芽苞最先萌发出的春色，想找到哪一片落叶最先懂得秋的思绪。我顺着树的根部，一寸一寸寻找树的足迹，终于发现在一根粗干苍老中间，在树皮深浅不一的褶皱处，有一个带着春雪色的芽苞，它已经略显鹅黄，生命的体征已经略显。

我发现了生活新的欣喜，但没有停息，依然寻找，直到顺着树枝向上的方向，对，就是向上的方向，像诗的跳跃，追寻到了树梢。看着树梢的芽苞，它的体态和树干孕育的芽苞竟然毫无二致。

我猜想，哪一朵是生命灵魂的开始。

树下的我，仰望向上的树，想到"最后"，那只看上去在

秋也是一种春色

树枝的最顶端、最末端的芽苞就是最后的芽苞吗？冬是一种反省，或许在来年的春色中，大踏一步，向生命的高度，再次攀登，向着蔚蓝的天空，向着繁茂的生命，开启新的追逐与探索，不停歇，为了生命的繁茂，为了生命的幸福。在空的世界里，生长"有"的自己、弱的自己、小的自己。

心灵空无，在活着的世界感受生命的静止，在死灰的静止里感受活着的状态。

一棵树，一棵向上的树，它活着的时候，有种人类无法超越的定力，它的"死"竟是一种独我的活。它真正意义的死，同样有着人类无法超越的意义。对于树，死去，才是树真正意义的活着。它支撑着人间的美丽。

我才知道人们都喜欢树，喜欢种树的原因，喜欢种下一棵树。五柳先生的树，就在门前，开窗面场圃，把酒话桑麻，五柳先生是推开窗牖，一股春色扑面，一股清新扑面，所有的诗意与生活的美好扑面而来。我觉得他应该有酒，酒醮满春色的绿酒，饱含诗意的酒，忽然如宋词般点染在枝头，在柳絮的发隙里，五柳先生寻觅到了什么，他轻轻拨弄着刚刚柔软的柳枝，在柳叶的初春里摘下一首意欲奋发的宋词来。

花褪残红青杏小。燕子飞时,绿水人家绕。枝上柳绵吹又少。天涯何处无芳草。墙里秋千墙外道。墙外行人,墙里佳人笑。笑渐不闻声渐悄。多情却被无情恼。

无芳草就是有芳草,在苏东坡的心里遍地都是芳草,满目萋萋,烟火缭绕。多情却被无情恼,无情却上柳梢头,成就了一首名扬千古的宋词。什么是无,什么是有,什么是落,什么是生。无中有有,有中有无。本是无,却是有的开始。一种事物结束,也是一种事物开始。结束就意味着开始,就是新的开始。

一种事物的结束,冥冥中就是一种事物的始然。

我惭愧,无法与母亲分享我内心对生命的体悟。母亲并不是忽然去世,是在儿女的预料之中,可种种能预料的,本以为波澜不惊,伤心依然汹涌澎湃。她的去世,竟然是我的开窍,换得了我的很多文章雨后春笋般地涌出,我忽然有了汗颜的顿悟。这很可笑,我不想得到这些。我宁愿母亲好好活着,我宁愿我的思念永远是无,是枯竭。可偏偏,思念犹如春色,犹如春芽,一点一点萌发,由浅到浓,成了一树的繁华。这种繁华的里面,包裹着盐的泪花。

秋也是一种春色

她走后的日子，在此之前，已经在寒冷的身体里，种下温暖的爱，种下会发芽的爱，长成思念的芽苞，长成一棵思念之树。

我想问问落叶，想问问芽苞。我想问问春，问问秋，问问自己，这一透彻竟然来自一场"结束"。

我摸摸自己的脉搏，曾经和母亲的心脏一同跳动，同频共振。而如今，母亲撇开我，心头，一跳一跳，这种跳动的姿态，呈现出一个波峰一个波谷，像极了季节的春秋。日子哪可能平淡如水，哪可能平淡无奇，就是被春荣秋枯演绎，就是被峰谷交替。

死是另一种活吗？也许，我是说也许，死是另一种活。

生是一种色彩。落也是一种色彩。春色是一种，秋色也是一种。一种和一种，按说也无差别，可是在树下仰望树的同时，卑微衍生出敬畏与伟大。它用落叶换得满园春色，它用生命，它用身躯，为人世间遮风挡雨。生命说卑微也卑微，说伟大也伟大。再平凡的生命，哪怕一株草，如果被后世所敬仰，它就是伟大。

我曾经跟随母亲的记忆，希望母亲她老人家好，希望母亲她老人家幸福没有烦恼，希望悲苦、饥饿、疾病远离母亲。当家人共同演绎我们自己的幸福时，还在念高一的儿子，还未褪去稚嫩，就像黄嘴丫的雀鸟，说了大人们瞠目结舌的话：如果能改变过去，就已经对现在造成了影响。语一出，他已经不是一个孩子，他希望把握现在的美好，一切，我们拥有的，才是对未来造成影响的，才是改变未来的重要因素。

  他明白了这一点，我多少有些欣慰。一个萌芽，一片落叶。萌芽最终成为落叶，我们最终成为一片叶子，飘落在空，碾落成泥，一切都是为了世间的美好。

地上的云朵

刘江滨

扫码听读

冬季来了,天冷了,自然会想到温暖的棉衣,也就想起了棉花。

棉花在我的老家冀南平原,是再平常不过的农作物。民谚云,三亩田(粮),一亩棉,多有种植。至今,一提起棉花就在脑海中浮现出一幅美丽的画面:秋收时节,棉花绽开笑脸,溢出朵朵棉絮,远远一望,地里白茫茫一片,像下了一场大雪,又像地上漫起了云朵。

棉花看似平常,其实很奇特。棉花的花朵叫棉花,棉花的果实也叫棉花,花与果实同一名字,这在植物中恐怕独一无二。棉之花通常有乳白色和淡红色,蔫蔫的,藏在枝杈间,仿若一个羞答答的村姑,既无炫丽的容颜,又无招摇的仪态,因此常常被人忽视。以至于人们一说棉花,脑子里映现出的是棉絮,果实太强势,取代了真正花朵的名分。棉花的另一个奇特之处,它是世界上唯一由种子生产纤维的植物,换句话说,大地上植物的果实大都是用来吃的,无论是庄稼、蔬菜还是瓜果,皆如此,而棉花不能吃,是用来穿的、用的。人的主要生存要素无非吃和穿,"吃靠田,穿靠棉",食要果腹,衣要蔽体。棉花不仅御寒,还给人以基本的体面。

  我小时候是在农村度过的,对棉花留有极深刻的记忆。那时还是生产队,棉田的地块足够阔大。每到夏天,棉花棵子长势茂盛,绿蓬蓬舒展着身板,长得茁壮的齐腰深,羸细的也能到大腿根处。此时,花开得欢实,却几乎不被人理会欣赏,开得委屈。在那个年代,农人还没有赏花的闲情逸致,其实除葵花、油菜花外,与小麦、玉米、高粱、谷子等庄稼的花相比,棉花还是颇有几分姿色。在乡间,人们称棉花为"花",花地、花柴、摘花、拾花、纺花等,当人们只说"花"的时候,那一

秋色也是一种春

定是指棉花，棉花冠绝所有的花而独享尊宠。我时常光顾棉花地，自然不是赏花而是割草，因为棉花低矮，可以随时站起身来透气，不像高大稠密的玉米地那般闷热。

棉花谢了，枝丫挂满了绿色的小铃铛，叫作棉铃。棉铃长大了，膨胀了，像饱满的桃子，又叫棉桃。虽然叫桃，只是形状仿佛，不能吃。棉桃裂开了嘴，一瓣一瓣漾出的不是果肉，而是白色的棉絮。一朵，两朵，千万朵，好像天上的白云从空中落在地上。这是不能融化的雪花，是农人真正期盼欢喜的花朵。于是，摘花成了秋野盛大的节日。大姑娘小媳妇间或有几个老年男子云集棉田，一个个腰间系着包袱，从棉桃里把棉絮扯出来放进包袱，颇像南方的采茶，手快的女人可以两手同时采摘。大家边干活边扯着闲话，这边胖婶对二妮说，这下好了，有了新花了，絮几床暄暄腾腾的新被褥，年根把事儿过了吧。二妮脸上飞起了红云，说，我才不嫁人呢。那边白嫂对黑嫂说，俺家二羔的棉裤破得都露出老套子了，跟狗啃似的，就等着这花下来呢。黑嫂说，谁说不是哩，新花有了，纺了线织了布，给孩子他爹做件新汗褂。白嫂嘻嘻笑着说，你可真疼你家男人哦。黑嫂呸了一口说，去你的呱哒哒。棉田里欢声笑语此起彼伏，惊得麻雀扑棱棱一阵乱飞。很快棉絮塞满了腰间的包袱，每个人都鼓着大肚子，像怀了身孕，彼此一望，又是一阵大笑。

秋收过后，农人还有一个拾秋的习惯，在田地里再扫荡搜索一遍，将抛撒的豆粒、隐藏的山药、洋姜等捡拾刨掘一番，拾花也在其列。摘花的时候难免摘不干净，会在棉桃的硬壳间残留一些棉絮，细细搜寻也会有不小的收获。这和麦收过后捡麦穗一样，这些活儿通常是由妇女和小孩干。正如清代乾隆年间《御题棉花图》所载："霜后叶干，采摘所不及者，黏枝坠垄，是为剩棉。至十月朔，则任人拾取无禁。"也即拾的花可以拿回家，不用交公了。

小时候最快乐的事情，是过年时穿上新棉袄棉裤，漂漂亮亮，暖暖和和。那时对农事懵懵懂懂，不太清楚摘花之后还有轧籽、弹花、纺纱、织布、练染等多重工序。只记得夜晚伴着昏暗的灯光，母亲和姐姐在屋地盘腿而坐，把着纺车吱扭吱扭纺线，一手摇车，一手抻线，身子一俯一仰，手臂一送一张，仿佛节奏优美的舞蹈。是的，劳动是一种最美的舞蹈。遥想当年，当延安成千上万个纺车嗡嗡响成一片的时候，和着黄河的

涛声，奏响了最强劲的时代之音。

如今已经几十年不穿棉衣了，但那种温暖成为永远挥之不去的记忆，深深烙在生命中。而一想起棉花，就好像眼前一片片洁白的云朵在大地上氤氲，驻留，气象万千，瑰丽无比。

治愈自己的方式

厉勇

凌晨1点,听杭州九溪山林间的踩雪声;清晨4点,听云栖竹径一棵百年枫树旁的泉水叮咚;早上6点,听一只蜜蜂在花丛欢唱……

最近,"85后"男孩赵志勤在杭州收录的声音被千万次收听,有人听哭了。这个自称"声谷"的男孩,用声音治愈了自己,同时也治愈了别人。有姑娘评论:"仿佛闻到泥土的味道,太治愈了。"

曾经看到过这样的一个句子:眼里的伤总是不容易好的。

春色也是一种

时隔多年，从懵懂的少年到油腻的中年，我才明白其中的含义。眼里的伤就是内心的悲伤，眼神总是被灰色的阴霾牵制住的人，眼神总是那么黯淡无光的人，内心深处的伤和绝望用什么来治愈呢？

"我只想慢慢收拾心爱的收藏／拼装成暖暖的橱窗／把治愈的荒凉／写了很久的药方／定格成回家方向……"

对我来说，听类似《橱窗》这种治愈系的歌，是一种疗伤的方式。单曲循环，整个人便沉浸在了优美的旋律中。听得多了，便可以跟着音乐一起唱这首歌。唱着唱着，也就忘记了悲伤和难过的事情。有那么一个下午，我把自己关在房间里，一个人反复听《别哭，我最爱的人》，听着听着，自己不觉已泪流满面。哭完了，倒把悲伤释放出来了，像洗了一个热水澡一般，一身轻松。

知道这首《橱窗》，是因为电视剧《安家》的热播。也许，每个人都从剧中看到了自己，那个辛苦工作，卖力干活，只为集全家之力去买房的人。也许，还有人和我一样，是从剧中的人和事上得到了治愈。剧中的徐文昌，能够化敌为友，把上级派来干掉他的人，慢慢变成了自己的人，还有比这更治愈的故事吗？我被"徐姑姑"的怀柔政策和为人处事深深打动，就像主角那暖暖的治愈系的笑容一样，多么像一颗百消丹，能疗各种伤啊。正如"徐姑姑"说："最好的关系不是竞争关系，而是竞合。老洋房有自己的呼吸。做一个单子做了五年，是为了给暗淡的老洋房找回生命。"像他这样不看重金钱，给别人带去帮助和温暖的人，是社会的稀缺资源。

可是，生活中谁都有不如意和难过的时候，谁也都会有经历悲伤的时候。我以前的一个领导，同时也是国家二级作家，在一次饭局中透露："那几年，父亲去世，我把自己关在家里，几乎断绝了以前的各种社交活动，专心写稿。要知道，之前我每周都有应酬。父亲去世的悲伤，我很久才走出来。"看来，这个作家疗伤的方式，就是闭门写稿。

还有一个"90后"的朋友，有一段时间，他的朋友圈里只放天空照：湛蓝的天空、暴雨来临的天空、阴沉的天空、傍晚的夕阳、晨起的熹光……我们很好奇，就问他："大哥，你这是怎么了，怎么和天空过不去了？"他嘴角上扬，明媚地一笑："因为那段时间我失恋了，我怕自己哭出来，就抬头看天。仰视天空十分钟后才发现，原来天空这么大，可以放下我无处

安放的悲伤。于是，我一有时间就对着天空发呆，各种拍摄，终于，我和湛蓝的天空一样明媚了。"

很多人，伤心的时候，就去吃美食，用食物来疗伤；有人选择暂时离开伤心地，到别处走一走，看一看，在旅行中疗伤；有人一头扎进健身房，出一身臭汗；有人自愈能力强——是的，自愈能力，睡上一觉，就把自己治愈了。有个作家说过，人天生有修复自己的能力，能把伤痛一遍遍清洗过滤，不分白天黑夜闷头大睡一觉，就把阳光的自己找回来了……

每个人的人生遭遇不同，但我们有时会面对同样的困境和悲伤。虽然每个人的治愈方式不同，但是我们希望能提高自己的自愈能力，一次次获得新生。也许，内心强大的人，就是这样诞生的。最终我们披荆斩棘，变成更好的自己。

再大的空间也会被塞满

孙道荣

手机显示,内存已满。

当初买这部手机时,就考虑到内存一定要大,所以买了128G的。以为这足够用了,没想到,才两年,它竟然满了。

赶紧清理一下吧。各种平台的聊天记录、浏览痕迹,先清理一遍。这很容易,但腾出的空间并不大,占用空间最大的,是手机相册。虽然像素高,但一张照片也就几十个MB,怎么就将内存都占用了呢?

打开相册,我惊呆了,两年来,竟然拍了上万张照片。难

怪内存空间都占满了。

为了能让手机继续工作,删吧。

删照片,真是一项烦琐而痛苦的工作。有的照片,比如一些截屏什么的,没什么保留价值,直接就删除了。难的是,同一个景点,同一个场景,或者是同一个人的照片,你要打开了一一细看,才能确定保留谁,删掉谁。而这样的照片,太多太多。

比如有一组拍落日的,前后拍了上百张,取景、角度、效果,其实都差不多,留下一两张就可以了,别的都可以删除掉。当初拍照时,为了留下落日最美好的瞬间,"咔嚓咔嚓",拍了一张又一张,反正不像以前拍照那样耗胶卷,不心疼。再比如一次旅游,给妻子拍照,仅在一个景点前,就拍了几十张,为什么要拍这么多?原因很简单,希望能拍出妻子最美的状态,而自己的拍摄水平又有限,那就多拍几张,总有一张是令她满意的。

就这样,一日日下来,手机里积攒了无数的照片。而其中的大多数照片,都是重复的、类似的、大同小异的。以为手机空间足够大,全都保留下来了,现在再删的时候,又遭选择之苦,难以取舍。

删了一下午,耐心全无,后来索性见到重复的,直接删除大部分,只随意保留两三张。这下快意多了,竟然也没什么遗憾和心疼。

我发现身边很多人跟我一样,自从用手机拍照后,都变得大方多了,豪爽多了,任性多了。有人能对着一片叶子,拍下几十甚至上百张照片。当存储空间足够大,又不必耗费什么成本的时候,人就会变得恣意。用手机拍照片是这样,别的方面也是。

当我们的口袋渐渐饱满的时候,我们会挥霍,攀比,放纵,以为它永远取之不尽用之不竭;当我们身体还健朗的时候,我们会熬夜、吸烟、酗酒,肆意糟蹋自己,以为我们的肌体会永远像现在这样充满活力,不知疲倦,不会垮掉;当我们还年轻的时候,我们以为自己有大把大把的时间,很多人就会毫无节制地将日子耗费在一些无趣无谓的事情上,日复一日,如同一日。

我们以为,我们的路还很长,我们有足够的时间,我们有足够的资本,我们有无尽的未来,却忽视了一点:即使再大的

空间，也会有被塞满的时候；即使再漫长的岁月，也会有走到尽头的那一天。

而最不堪的是，当我们有限的生命，塞满了重复的、雷同的、毫无新意的日子的时候，那些真正鲜亮的、有意义的时刻，可能反而像手机里存储的那些照片一样，被彻底淹没了，无法焕发它应有的光彩。

放牧一笼云

麦淇琳

少年时代，家乡到处是树林，晴朗的日子里，瓦蓝的天空中游荡着朵朵白云，像一只只离群的羊，跑到了天上。

那时候，班里有个家境很穷的女生，有一次她在作文里写："我愿放牧一笼云，让它成为我的武士，陪我虚度韶光。"她念此句时，同学们都笑了，老师也笑她尽说不着边际的傻话。不久，女生因为家贫辍学，我不知道她去向了何方，将会长成什么模样，更不知道在往后无常的人生中，有没有一笼云会成为她的武士，为她力挽狂澜。

秋也是一种春色

博尔赫斯说："人类的世界，是造物的一个梦，而造物呢？也许是人类的一个梦吧。"我们的生活往往缺乏想象力和激情，往往被平庸的生活所围困，这使得我们越来越缺乏古典主义情怀。

大抵，放牧一笼云是对平庸生活的一种反抗。放牧一笼云的人，精神世界里一定住着一个诗意的古人。这样的人，即使生活再难，也有重新出发的力量，将自己活成一个至真至纯的精神生命。

明代著名文学家杨升庵二十四岁高中状元，出任翰林院修撰和经延讲官，前途不可限量。然而两年后命运却发生转变，杨升庵在一场皇统问题的争论中得罪了嘉靖帝，被驱出京城，充军云南永昌卫，从此再未复还。流放对物欲之人无疑是一种苦难，对精神囚徒却是一种释放。杨升庵像苏轼一样，"此心安处是吾乡"，悉心著作、寄情山水之余，还为白族修史。每到一处，他往往忙着咏物，哪还有什么忧愁？眼闭着，心中有的是清澈见底、不染尘埃的平静。

启功先生在生活困顿时曾给张中行写信，称："世间'如火如荼'、你死我活、天大地大、理气性命等等等等，都在拈花一笑中。"

我从"拈花一笑"想到了苏轼的《攓云篇》,其小引曰:"余自城中还道中,云气自山中来,如群马奔突,以手掇,开笼收其中。归家,云盈笼,开而放之,作《攓云篇》。"苏东坡素来超然达观,会写诗,会做东坡肉,更会在生命的灰暗时刻自我造境,想象自己捉了一笼云回家,开笼放云,屋里顿时有一朵朵云飘着,那些羁绊于心中的苦闷,便在不知不觉中荡然无存了。

袁枚自小喜欢诗文,别人赠诗,他称"又有人赠云"。在袁枚看来,所有一切使"我"产生诗意的事物,何尝不是一朵洁净的白云呢。刘震云在《我不是潘金莲》里曾给出一头牛,他说自己是另外一头牛,倾听的牛,拉磨的牛,背着人物走出困境的牛。我想这样的一头牛,一定也是刘震云心中的一笼云。

张晓风曾经写过:"所有的花,已交给蝴蝶去点数。所有的蕊,交给蜜蜂去编册……"于是我想,那就让所有的愁闷,都交给一笼云去擦拭,去照彻吧。

我想到:放牧一笼云首先是一种坦然,其次应当是一种

秋也是一种春色

自我拯救，是我们听到生命之音的召唤，所以我们懂得宽容洒脱、幽默豁达，宠辱不惊地看待世界。很喜欢这个词，放牧一笼云，与其说牧的是云，莫如说牧的是对自我灵魂的叩问，是我与我的周旋，是自己对自己的美好心意。

放牧一笼云是诗意的自传，也是一个人涵养的自画像。有了诗意和涵养的这一层底色，我们便能够抵御得住滚滚寒流的一遍遍虐袭，烂漫从容于世。就这般，让时间的风在我耳边打着呼哨，而我，要去放牧一笼云，将尘世间诸般苦厄轻轻放下，就这么不惊不扰，任尘世深不可测，我且拥有内心的清光，这是多么美妙无边的一首诗啊！

如果打桨激起水波

梅寒

遇上老人，是在市中心最繁华热闹的购物商场门外。一身深蓝衣裤，小脚，满头几近全白的发，头顶飘着十几只颜色形态各异的气球。十二月的北方寒冬，气温在零下十几度，她的脸被风吹得红红的，却满脸堆笑，向过路的行人兜售手上的气球。她招呼得很热情，却少有人停下来。

我走上前，买了一只蓝色的小鱼气球，并与老人攀谈起来。从她的言谈中，我知道，她和孙女，在这个城市过得并不轻松，孙女一个月两千多元工资，也仅仅够维持生活。"我能干就干点儿，能挣口自己吃，也省点儿孙女的力气啊。"老人

的话,让我的心被一种浓浓的暖意与忧伤包围了。帮助她!这成了那刻我心里最强烈的一个愿望。那天,我提出要给她拍一张照片的时候,她兴奋得像个孩子,小心地扯平了褶皱的衣服前襟,又抬手拢了拢被寒风吹乱的白发,才羞涩地对我说:"我在农村一辈子,照相少,你给我好好拍拍,就是老了……"我按下了手中的快门:灿烂的阳光下,老人手中缠绕着几十只鲜艳的气球,笑得像个孩子。

那张照片,很快被我配以一段声情并茂的文字:"八十三岁的老奶奶,寒风中卖气球贴补家用。"之后发到了城市生活论坛上。我的本意很简单,希望有更多的人注意到她,能在路过她的时候,停下来买她一只气球,让她少在寒风中站一会儿。那个帖子带来的反响超出我的意料,铺天盖地的跟帖,不断刷新着纪录。有慨叹,有关切,更多的是询问老人常卖气球的地方。那份温暖,是我始料未及的。

再次在商场门前看到老人的时候,我甚至连看上她一眼都没能够。那会儿,她正被团团的人围住,忙得不可开交。递上前的钱有五元,有十元、二十元,人们却只匆匆从她手上接过一只气球就转身离开,急得老人在他们身后大喊:"钱,还没找你钱哪！"老人手上的十几只气球很快就被一抢而光。她数着手上零零碎碎的钱，却一脸迷惑。

接下来的几天里，我都悄悄去往老人卖气球的地方，发现老人的生意天天都很火爆。再一次按下手里的相机快门。如果说第一次给老人拍照，是被老人一个人感动，这一次，我是被这个城市感动。

就在我为自己帮助了老人而骄傲窃喜，准备在网上发动更大的力量来帮助她的时候，老人却神秘地失踪了。一天，两天……接连几天，我去商场，都没有再看到她的影子。网友们的不安与疑问也一圈圈扩大。老人病了吗？还是家里有什么事？带着这样的疑问，我根据老人留给我的零零星星的信息，在一条狭窄的小弄堂里找到了老人的家，却没有见到老人，是一位年轻的女孩接待的我。她是老人最疼爱的小孙女。

"我奶奶不卖气球了，她回乡下了。"女孩子的态度有点冷，欲言又止的样子。

"为什么不卖了，这段时间生意不是一直挺好的吗？"

"你就是那位在网上发帖的老师吧，谢谢你的好意。我奶奶今年八十多了，前不久我才从乡下把她接到这里来，只想让

她享几天清福。可她干了一辈子的活儿，猛然停下来就难过。她出去拾破烂，我不让，就想起来出去卖气球，我没法只好同意。那几天，她的生意突然好起来，好多人给了钱连零头都不要回头就走，搞得她很纳闷。后来我才从网上看到那个帖子。说真的，我很感动，也很无奈，因为我再走出去，常会听到身边的熟人在议论，家里子孙不肖，八十多岁的老人还要卖气球讨生活……我奶奶知道这个消息，执意回乡下去了，怎么留也留不住，她说，在乡下，她养鸡养鸭也能下只蛋卖，她不能再留在这里丢孩子的脸……"

这样的结局，是我始料未及的。我，还有那些热心的网友，渴望在那个寒冬送老人一缕温暖的阳光，却不期把一份伤害同时带给她。是的，她有她的生活方式，站在寒风中哆嗦着手接过那一角一角的钱时，她的内心是充实快乐的。我们却以自己的思维、自己的方式，把她那份快乐剥夺了。

"如果打桨激起水波，就让我的船离开你的岸边。"不记得在哪里读过这样一句话。如果我的爱，对你变成一种负累、一种伤害，那么就让我悄悄地离开。如果可以，我多想亲口对老人说出这番话。

勿以善小而不为

马军

"积善之家，必有余庆；积不善之家，必有余殃。"《易经》中的这句名言影响极为深远。那么何为善？《了凡四训》给了堪称经典的解释："有益于人，是善。"英国哲学家培根亦然："利人的品德就是善。"对此概念，中西方高度一致，存心只为他人好，一心一意利于他人就是善。

孟子曰："君子莫大乎与人为善。"古往今来，心存善念，乐于助人，甚至舍己为人的大德高古，君子贤士不胜枚举。

范仲淹被贬浙江时，一名小吏死在任上，家贫子幼，不能

回乡安葬。遂善心大发，重金相赠，并为之雇了一条船，将其灵柩和一家老小送归家乡。为免途中关卡阻滞，特派一位老成持重的属下全程护送。临行前，还交给他一首诗，并嘱咐他，过关过卡，把这个拿出来就行了。原来诗是这样写的："十口相携泛巨川，来时暖热去凄然。关津若要知名姓，此是孤儿寡妇船。"每个睹诗之人无不感动落泪。

与人玫瑰是善，兴利除弊也是善。苏轼当年所住地区曾流行溺婴的恶俗，让他十分难过。他向武昌太守痛陈其弊，恳请改变，又自行成立救儿会，让富人捐钱，每年捐助十缗，多捐随意。用此钱买米，买布，买棉被。然后到各乡村调查贫苦的孕妇，她们若应允养育婴儿，则赠予金钱、食物和衣裳等。苏轼自己率先垂范，每年都捐出十缗钱，他说，如果一年能救一百个婴儿，就是他心头最大的喜事。

激浊扬清，除恶务尽更是善。俗话说："锄一恶，长十善。"清代名臣于成龙任职直隶时，甫一履新即责令各属将"不肖贪酷官员""昏庸衰志等辈""速行揭报，以凭正章参处"。严惩中秋节向他行贿的官员，以儆他人效尤。赴任江南时，入境即微行私访，了解民情，随之颁布《兴利除弊约》，对灾耗、私派、贿赂、衙蠹，旗人放债等十五款积弊，"尽行痛革"。又制定以"勤抚恤、慎刑法，绝贿赂，杜私派，严征收，崇节俭"为内容的《新民官自省六戒》，令"官吏望风改操"。他的猛药治疴，果毅除恶，赢得上至皇帝，下至百姓的高度评价。

毋庸讳言，为官者手中资源确非常人可比，造福万民也确有先天优势，但善是发于内心，出于赤诚，只要心中有爱，有悲天悯人之情，则人人皆可为之。正如孟子对梁惠王所说的"力足以举百钧，而不足以举一羽；明足以察秋毫之末，而不见舆薪"，实"不为也，非不能也"。晋代医学家葛洪就直言不讳地说："一言之善，重于千金。"

慈溪人沈周行，幼年丧父，家贫，设小药店于湖州，遇瘟疫流行，非犀黄不能治疗。一点犀黄，价格昂贵。一次，沈周行误将假犀黄放了一些，发现后急忙将其打碎并投入火中，说："别人靠它救命，我如果把假的给人家，耽误治疗，就相当于我在杀人。"

善无大小，至善是善，小善积累多了，也是了不起的大善，就是令人敬重的好人，故而刘备在《诫子书》中才殷殷教

海,"勿以善小而不为",因为他深知,滴水能穿石,积羽可沉舟,天堂与地狱常常就在一念之间。日行一善,时时行善,常见常行,可成大器。

"做个好人,身正心安魂梦稳;行些善事,天知地鉴鬼神钦。"城隍庙前这副醍醐灌顶、极富震撼力的对联,不知唤醒多少梦中人。堂堂正正,坦坦荡荡,顶天立地,俯仰无愧,此等正人君子,自然心安理得,人神钦敬。而"住世一日,则做一日好人;居官一日,则做一日好事",必"福泽德被",未有穷期。

为恶最苦,为善最乐,古今中外,莫不如是。乐于助人,与人为善,捧给世界的都是心灵的玫瑰,生命的余香也定会绵绵不尽,食则香甜,寝则安眠,怡然平和,波澜不惊。幸福快乐不就是这样的状态吗?

乌龟何必与兔子赛跑

董建华

曾有一天,一位朋友来电话征求我的意见:"几位同学邀请我去参加聚会,可是他们要么身居要职,要么腰缠万贯,我一个生活于社会底层,每天为一日三餐奔波的人,能去吗?"

"邀请了就去,而且在他们面前要不卑不亢,大大方方!"我坚决支持这位朋友前往。

这位朋友参加完同学聚会后,回来对我说:"你的话太实用了,在同学聚会上,我和他们谈校园生活,回忆读书时的故事,谈笑风生,其乐融融,没人认为我比他们低一等!"

秋色也是一种春色

一些人习惯攀比,总希望胜过他人一筹,其实人生活的空间是非常有限的,你可能在某个方面超过他人,但不可能方方面面超过他人,踏踏实实干好自己的事,何必要和他人争个输赢呢?

小王和小张是同学,同一年分配到同一所学校当老师。小王性格内向,不善人际交往,每天沉迷于教书、写作,三十多岁经人介绍才与一位其貌不扬的女孩儿结婚生子,之后一直过着平平淡淡的生活。

小张好胜心强,善于交际,工作的第一年就被评为先进工作者,第二年被提拔为主任,之后当了几十年的校长,直至退休。小张经常以小王为例,教育自己的孩子:"我和小王是同学,想法和做法不一样,结果不一样,他一辈子平平庸庸,毫无建树,差点连个媳妇都娶不到。我广泛交友,一路飙升,我玩过的地方,他没玩过,我吃过的,他没见过,我没教过几天书,却是正高级教师,校内指导他人教书育人,校外讲学传经,人前人后风光无限。小王兢兢业业教了一辈子书,连个高级职称都没评上,每天竟然还过得乐呵呵的,真不可理喻!"

退休后,小王受邀到一所私立学校继续从教,担任高三的班主任，工作有声有色，待遇也非常优厚。他有一年春节放假回家，在路上偶遇小张，只见小张瘫坐在轮椅上，被妻子推着，在街上散步，小王走到小张妻子面前，惊奇地问道："他是不是我的同学小张？"

"是的！"小张的妻子替他回答，只见小张咧着嘴，说话含糊不清。

"他怎么病得这么严重？"小王完全没认出小张。

"都怪他以前过度透支身体，整天吃吃喝喝，不听我的劝阻，退休不到一年，就病成这个样子了！"小张的妻子带着羡慕的眼神，望着小王，替小张解释。

小王握着小张的手，千言万语，感慨万千，小张有气无力，一副病入膏肓的神态，离别时，只见小张努力抬起手，向小王伸出一个大拇指，吞吞吐吐地说道："我……我希望和你一样，还能站在讲台上！"

一些人总希望胜人一筹，比了职务比工资，比了工资比谁老婆漂亮，最后没什么可比了，就比孩子的成绩。小王一辈子不和任何人比，踏踏实实做自己的事，不也过得愉快幸福吗？

能力不一样，起跑线也不同，却非要逼着人朝同一终点跑

去，这不是折腾人吗？

在一次宴席上，主人指着客人逐一介绍："这是某某长，这是某某家，这是某某老板……"介绍到我时，主人面带难色，我见状端起酒杯，自我介绍："我最高官职班主任，现在连班主任都卸任了，大家在此相聚是缘分，为了我们有缘相聚，我这个卸任班主任给大家敬酒！"大家哈哈大笑，宴席瞬间活跃起来，才避免了这场尴尬。

过于攀比身份，没给自己贴金，也没抬高他人形象，却容易导致大家陷入尴尬的局面，甚至因此无缘无故地得罪人，将简单的人际关系复杂化。

"龟兔赛跑"的故事里，兔子因疏忽大意，被勤勉的乌龟超越了，以此告诉人们："人应该不断地勤奋，终会在最后取得胜利！"却不知兔子的乐趣是在山中蹦蹦跳跳，乌龟的乐趣是在水边优哉游哉地爬行，逼着两种有着不同爱好和生活方式的物种去赛跑，参加这样的比赛有意义吗？它们会去参加这样的比赛吗？

不与他人攀比，并不意味着我们可以选择消极。如果我们按照一定的游戏规则，竭尽全力在自己能力范围内做出最好的自己，不也过得更有意义、更幸福吗？

微微的歉意

章铜胜

我们每天都会遇到很多事情,有些是在意料之中的,也有些是超出经验之外的。超出经验以外的事情,可能会产生一些意想不到的结果。在这些结果中,多数是我们能够接受的,也有些是我们不想看到的,虽然这些结果不一定就不好,但有时,我们的心中难免会因此产生微微的歉意。

去年冬天,比往年要冷一些。低温天气,对放在室外的花木是一种考验。我家阳台上有两盆白兰花、一盆柠檬和一些多肉植物。多肉植物早早地就搬到了室内,放在向阳的窗台上

了，经过冬天，它们依然长势很好。两盆白兰花，一盆移到阁楼的走廊里了，还有一盆太大，不好移动，就放在阳台上了。冬天过去了，室内的那盆白兰花受了冻，这两天叶子全落了，但叶腋间已经有了新芽在萌动。室外的那一盆白兰花，因为冻伤而枯死了。这盆白兰花，在我家养了七八年了，看着它的枯枝，心里有悔意，也有歉意。柠檬多刺，不好搬动，也放在阳台上了，好在那盆柠檬倒是皮实得很，经了冻，受了伤，叶子枯了、落了，去年没采下来的十几个柠檬也冻得灰白，但它仍然活着，大概也快要抽新叶了。妻把那些冻伤的柠檬采下来，舍不得扔，还放在阳台上。不知道在她心中，对那株白兰花和那些柠檬，是不是也会有微微的歉意。

几年前，一个夏天的清晨，我正急匆匆地赶路，看见一位年轻的母亲抱着一个小女孩儿，在十字路口等红灯。小女孩儿的模样很可爱，一双小手在头上摸着挠着。只是路过，也没有在意，便走过去了。走到不远处时，我发现路上掉了一顶粉色印着卡通图案的小囡帽，我回头望向十字路口的方向，那位抱着孩子的年轻母亲正过马路，她手中抱着的小女孩儿的小手还在头上摸着挠着。我因为有事急着要去办，便弯腰将那顶小囡帽捡起来，放在路边的绿篱上，并没有给她们送过去。我想，等她们回来的时候，应该能够发现自己掉的小囡帽吧。这件事情过去好几年了，我偶尔还会想起来，只是不知道她们是否发现放在绿篱上的那顶小囡帽了，又或者那顶小囡帽被路过的人捡走了，这些就不得而知了。也许，那位年轻的母亲已经不记得这件事了，可我仍然记得那个夏日的清晨，在阳光下，曾经有一顶小囡帽，放在露珠尚未晒干的绿篱上，在等着它的小主人。也因此，对于那对偶遇的母女，我的心中一直有着微微的歉意。

  我家的屋后，有一片菜园。彼时，我所关心的不是菜园里种了几种菜，也不是菜的长势怎样，而是那几畦香瓜、菜瓜、酥瓜、西瓜。暑假时，去菜园里摘瓜通常是我的事，那时候，我已经能够熟练地判断出瓜的成熟度了，不会误摘了生瓜，当然也不会等到瓜熟透了才去摘的。嘴那样馋的年纪，对于各种瓜香甜的诱惑，哪儿就能等得及呢。

  有一次，快到立秋了，瓜地里也快要扯瓜秧子了，我特意在瓜地的一角留了两个西瓜，用瓜叶和拔来的青草将瓜盖了起来，准备立秋时摘回家吃。此后，瓜地里已经没什么瓜了，我

也很少往菜园里跑了。可能是因为贪玩，不久就将这件事情忘记了。等到自己想起这件事的时候，已经过了立秋了，我匆匆跑到菜园里一看，那两个西瓜已经晒蔫了，还散发出一股馊味儿。我生气地将两个西瓜摘下来，扔到菜园旁边的小河里。现在回想起来，本来是要给家人一个惊喜的，因为自己贪玩而忘了，最后成为一件让人遗憾的事。虽然只是一件小事，可对于家人，我的心里始终有着微微的歉意在。事过经年，偶尔想起来，还是如此。

　　微微的歉意，是仍对事物保留着一种恰恰好的在意，不会因之负累，也不会因之而轻率。

见字如晤

孙克艳

那天找东西时，意外翻到了珍藏多年的信件。厚厚的一叠信件陈旧泛黄，显出岁月流逝的痕迹。那些信件跟随我不停辗转，历经千山万水，跨越天南地北。看着它们，好似看到另一个时空中的自己与亲友们曾经一起走过的美好年华。

那些我收到的信件和我寄出的信件，陪伴我度过人生最孤寂迷茫的青春时光。彼时，我在外地求学工作多年，陌生的地域、激烈的竞争、迷茫的前途……压在我仍显稚嫩的肩头。多少个无眠的夜晚，我一个人就着昏暗的灯光，一遍遍捧读亲友

们寄来的信件，咀嚼每一个词句，体会他们写信时的心情，以及笔墨之外的言辞。字如其人，见字如晤。来往不断的信件，连接着我们的心。何况，那些不便当面诉说的言语，都可诉诸笔端。我非常享受写信和收信的快乐。

那些无声的信件，像星星点点的灯火，温暖并照亮我孤苦的内心。我像独自跋涉在荒原的前行者，正是那些信件给了我勇气和坚持的毅力。

于是，掰着指头数日子，对即将到来的回信翘首以待，成了我那时的常态。收到信，压抑着激动的内心拆开它，快速地浏览后，再逐字逐句地品味它，直到将它读得滚瓜烂熟。

回信时，一句一词地斟酌，都让人费尽心思。既要告知收信人自己当前的现状，又要尽力避免对方从字里行间感知自己的苦楚，从而为自己忧思劳心。这样的纠结，导致每一次回信我都要绞尽脑汁。抽空写完信后，我总是看着窗外异乡的万家灯火，想象着亲朋收到我的回信时，他们的神态和心绪。

在写信与收信的日子里，我慢慢成长起来。然而当手机以雷霆之势席卷全国，写信这件盛行了几千年的事情，便渐渐消逝了。从前，我们常说"我会给你写信的"；现在，我们常说

"我会给你打电话的"。

现在的年轻人,大概永远无法体会白纸黑字下的书信,有着怎样的力量和魅力。那是在过去几千年的人类文明史中,所无法回避的历史。在车马缓慢的年代里,书信拉近了天各一方的亲友们的距离,让他们知晓对方的近况,为他们送去彼此的问候。不管是陆凯《赠范晔》"江南无所有,聊赠一枝春"的浪漫,还是李商隐写给妻子《夜雨寄北》的伤感;不管是杜甫"烽火连三月,家书抵万金"的悲凉惆怅,还是林觉民《与妻书》的荡气回肠……都给后人留下了浓重的一笔,那是越过岁月奔腾的河流,翻过一座座不同时代的高山,仍然能引起共鸣并溅起朵朵浪花的乐章。那是含蓄而诗意的国人,表达丰富情感的一种方式。

即使在20世纪,书信仍是一种重要的交流方式。多少个黑夜里,多少人在灯光下,用一颗炽热的心,牵动着手中的笔,将心中涌动的情感,浇灌出一封封或热烈或含蓄的信件,它们像鸽子一样,飞向天涯海角。又有多少人,站在某个门口或巷道望眼欲穿,期盼着千里之外的鸿雁传书。

那时候,日子悠长而缓慢。大家的心,即使隔着迢迢山

水，也能被一封接一封的信焐热。眼下，便利的交通，快捷的通信，似乎并没有拉近各奔东西的亲友们的距离。很多人都说，翻着长长的手机通讯录，却找不到说话的人。这真是一件遗憾的事。

打开好友多年前寄给我的一张明信片，我的心潮湿了。那是她当年考上浙大研究生后，寄给我的第一封信件。明信片正面是旖旎的西湖，背面是她简短的话语。她说初到浙大，事情繁杂，愿我保重自己，不日她将抽空为我写一封长信细叙。信封里，她放了几粒杭州桂花。至今那个信封里，仍氤氲着桂花的香气。她写道："我喜欢桂花，朴实无华却自有暗香，正如你的品格。"

穿过岁月的长河，看着信件上熟悉的字迹，我不禁回想起当年给好友的回信，其中两句是："只因远方有你，我愿跋涉千里。"

想到这里，我鼻头一酸，忽然想提笔修书，给远方的故人写一封久违的信。阔别已久的老友，你还好吗？

而亲爱的你，是否会想念一个人？那些无法开口的话语，都可以装进一封信里。在它历经山水的颠簸后，来到那个人面前，替你告诉他：你想他了。

愿你的内心
山河壮阔

愿你内心山河壮阔

马亚伟

扫码听读

朋友发给我一句话:"生活,一半烟火一半清欢;人生,一半清醒一半释然。愿你内心山河壮阔,始终相信人间值得。"一句"愿你内心山河壮阔",让我心中蓦然一动。

不知道有多长时间了,我的心中充斥着各种各样的琐事,唯独没有壮阔山河的影子。山河壮阔成了缥缈的诗和远方,我甚至连想一想都没有时间。我觉得一颗心仿佛荒漠一般,贫瘠而苍凉,找不到一丝生机。

整日里,我的内心满满的都是种种鸡毛蒜皮的俗事:今天的工作领导不够满意,很有挫败感;同事在会上发言,是不是在含沙射影地说我?孩子的学习太让人头疼,每次辅导作业都要崩溃;爱人还是那么懒散,除了玩手机啥都不想做;房贷还有很多没有还,家里的收入一点没增加……这些事织成了一张密密麻麻的网,触碰到一缕蛛丝就要引起不小的震荡。

朋友一句"愿你内心山河壮阔",让我找到了自己的症结所在。因为我的内心缺乏开阔明朗,所以越来越闭塞幽暗,仿佛成了杂乱的暗室,沦陷在琐碎的烦恼中不能自拔。而内心山河壮阔,是一种多么畅达诗意的境界啊!心中装得下山河,就能装得下万千美丽和万千诗意。山,巍峨高大,威风八面;河,波涛翻滚,源远流长。山河是这个世界上最壮丽奇伟的存在,没有什么比山河更能够拓展一个人的视野和境界。

我们的内心山河壮阔,就能装得下整个缤纷的世界。原野大地,森林草地,鸟语花香,日月星辰……这些都会因为你的心中有山河而活了起来。内心山河壮阔,才会为一朵花驻足,为一株草流连,从而屏蔽掉那些凡尘琐事带来的烦扰。我们总是感慨,乱我心者,今日之事多烦忧。我们烦忧的原因,是因为内心的境界不够开阔。胸怀,是我们常说的一个词。"胸怀

愿你的内心壮阔山河

像大海一样开阔"，是我们的美好祈愿。胸怀如海，包容一切，接纳一切。水之包容，山之博大，都是值得我们纳入胸中的。我们的内心，真应该有壮阔山河。如此，一个人的境界才能真正打开。

我想到古代那些"读万卷书，行万里路"的人。他们之所以要读万卷书，就是为了让自己获得丰厚的滋养。与此同时，他们行万里路，为的就是开阔自己的眼界。看到更高的山，欣赏更美的水，这样内心便会山河壮阔。他们游历的过程中，视野打开了，经历丰富了，自然能够心有山水天地宽。我想象着，他们登临绝顶，或者泛舟水上的时候，一定会觉得人生豪迈，万事可期。心中有山水，也是在荡涤自己的心灵。人只有与自然相拥，才能摒弃庸俗和鄙陋，提升自己的思想境界。很多人壮游之后，有了心怀家国天下的抱负，这些都得益于山水的滋养。山水有情，人心可容。

内心山河壮阔，是我们抵御俗世侵扰的最佳途径。人只有拥有开阔而丰饶的内心世界，才能不为外物所累，不为名利所扰。人只有拥有更高一层的精神世界，才能充分发挥自己的价值，做更多有意义的事。

"愿你内心山河壮阔,始终相信人间值得。"一个人的境界一旦打开了,生活就是一件幸福的事,人生就是一趟幸福之旅。心有山河,人间值得!

所有的星星都属于你

曹春雷

写作至半夜，忽接朋友发来的照片，高原的夜空，星星稠密，明亮，宝石一样缀满了苍穹。他让我即刻到阳台上，去看星空，我去了，极目仰望，但城市的霓虹灯遮盖了星星的光芒。

朋友接着打来电话，热切地和我讨论星空，他说，要多到乡下望星空，你要知道，可以仰望星空，是一种能力。

我承认这句话是对的。并不是所有人都拥有这种能力，对我来说，我逐渐丧失了这种能力。而我，曾经是有的。

当我还是乡间少年时，对星空无比亲近。如果将镜头拉回到许多年前，你会看到夜晚，乡下那个小院里，有个孩子在仰望，指着星星，能说得出很多星星的名字。那时候，一年四季，在夜晚，我会把自己很大的一块时间，切割给夜空下的院子，或者街道。

我最早认识的，是牛郎星和织女星，是祖母教我辨认的。夜色浓稠，星河灿烂，祖母用苍老的手指给我看。喏，看到没，那一带亮晶晶的，就是银河，河两边，最亮的那两颗，就是牛郎星和织女星。然后，给我讲牛郎和织女的故事。此后几年，每到阴历七月七，我就观察村里的喜鹊是不是真的少了，是不是都飞到天上筑鹊桥去了。晚上，躲在梅豆架下，偷听牛郎和织女的情话。

可那一天，村里喜鹊还是很多。而我在梅豆架下，什么也听不到。我向祖母抱怨，祖母却笑着说，那些喜鹊一定是偷懒不去的；你听不到牛郎、织女的话，是因为你还太小啊，等到和阿翠一般大，就能听到了。

阿翠是我家邻居，正和村里的二牛热恋。我没有拿这话去问阿翠，因为我知道，不等我问，她就会一边用指甲桃子的

花涂抹着指甲盖,一边漫不经心地回我,是啊是啊,你就使劲长吧。

等到我长到阿翠的年龄,却已忘记在夜晚观望星星。我陷于世间的种种繁忙,无意间关闭了和星空联系的通道,想象的翅膀已经被现实的雨淋湿,只能收拢起来,在城市的屋檐下,看夜色里七彩变换的灯光。

和朋友通话后不久的一个夜晚,我置身于乡下的郊野。是受另一位承包山林的朋友邀请而来。夜深,万籁俱寂,唯有虫语。我走出屋子,一个人站在野地里,让目光重返星空。每一颗星星,都是一个闪烁的密码,我需要静心解读,才能重新建立与它们之间的联系。它们一直在等我,等那个将路跑偏了的孩子,再一次回到星空下。

这时我才发现,当你放下世间的一切纷扰,用一双干净的眼睛去凝望星空,只需瞬间,你和星星们之间,就能完成一次闪电般的交流与重识。此刻,你属于每一颗星星,而所有的星星,都属于你一个人。星空安详,大地安详,你的心亦安详。而安详,是通往幸福的必经的路口。

与珠峰对视

陈志宏

打小就熟悉一个数字：8848。

那是地球的至高点，终年积雪，来自远古的寒意，无声地泛着白光，冲向天宇。

高寒和冷白，是珠峰预留给这个星球的神奇密码，无数人穷尽一生，甚至不惜付出生命，以解密的名义，攀登高峰，征服自然。

为什么要登珠穆朗玛峰？

一位登山爱好者说："因为珠峰在那里。"

就因为珠峰静立成世界之巅，多少人心向往之，欲与之亲近。

曾几何时，一曲《珠穆朗玛》，让我一听难忘，那圣洁的白附着在旋律之上，一点点推高，于高亢回环中，如入高寒之境，如临高山之巅。只因珠穆朗玛，深恋《珠穆朗玛》，却不敢奢望与之亲近，太遥远了，仿佛外星球一般。虽然我所在的城，曾开通过直达拉萨的班列，却不曾拉近我和珠峰的距离。

无数次哼唱过与你有关的旋律，多少回在梦里亲吻你洁白的雪，各色旅行图片，各类影视作品中窥视过你的倩影，却越发觉得遥不可及。

不曾想，今夏一个偶然的机会，飞越喜马拉雅，临近尼泊尔首都加德满都，机舱内，个个喜形于色，惊叫连连。受机舱内乘客们的激奋感染，一向淡定的我也心绪难平，只因神秘的珠峰即将展现在眼前。

天地间像有一双无形的大手，掀开喜马拉雅山脉神秘的面纱，让我一睹珠峰的芳容。

飞机上观山，从来都是画上一点，模糊难辨。此次，与众不同，就像站在另一个更高的山头，静观珠峰，山岩和积雪，似乎触手可及。亲近如斯，简直不可思议，见所未见，仿佛梦游一般。

山之大，从北边到南端，得飞越数小时，珠峰之上，时间都因其冷艳而凝固了。山之高，从舷窗望去，喜马拉雅山脊，清晰可见。

云朵团团，渐变渐无穷，像纱帐，朦胧而绵软，赫然屹立的珠峰像榻席，沉稳而大气。近观珠峰，第一感觉，竟是纱床之温馨。

机上观山不像山，而是云的一部分，珠峰仿佛不是拔地而起的一座大山，而是诸多云朵团团拥抱起来的一个圣洁的婴儿。

舷窗外，高天上流云，或疏或密，但见珠峰破云而出，硬寒之白像尖笋一般刺破柔软的云，白絮般的团云，映衬得珠峰更冷，更硬，有股锐利的寒意。雪山白云，相依相偎，山有了云之味，云也有山之形，亲如热恋中的情侣，难分彼此。

与珠峰对视的那一刻，我化身寒石一枚，致敬这个星球最伟岸的山，最高冷的峰，最多情的云。

大美珠峰让我的灵魂咯噔一下，激醒了生命原动力。

近来人事半消磨，寂寞无法排遣。看珠峰后，不禁羞怯难当，与这白云缠绕的雪山比，我那点寂寞算得了什么呢？老是埋怨自己孤独比海深，与屹立亿万年的珠峰相比，你好意思张口闭口提这个？

珠峰不语，人无言，就那样，我看着你，你盯着我，相隔一块小小的玻璃舷窗。

我是多么幸运啊，第一次如此近距观珠峰，竟是俯视的角度，让雪山开化了冥顽之心。

我是多么幸福呀，沉默的珠峰用浩渺圣雪涤荡我心，瞬间，人通透起来，空灵如珠峰之上一粒千年不化的雪。

人到中年多悲苦，未来不可期。

因了这一次对视，我不再惧怕那不断向我袭来的愁和苦，与此同时，对不可期的未来，也平添欢喜心，让我可以面带微笑，走向明天。

亲眼看到了珠峰至白的映天雪，至伟的抱云山，再寒苦的人生，于我，又有何惧？

与珠峰对视后，我已然不是从前那个患得患失、茫然无依的中年人。

小便宜

安宁

好讨便宜之人，永远都觉得东西是别人的好，总要千方百计，将人家的东西揩一点油来，这样才觉得一天过得颇有意义。哪怕只是拔人家菜园里一棵韭菜，喝人家缸里一口白水，借人家一点没有利息的钱花，在人家天井里站一会儿，享受一点好荫凉。明明他手里的家当，足够过富足的生活，可是他却偏偏要沾取别人的，才觉得是真正的富足和幸福。

这是人性中的小自私，好像吃饭掉了一粒饭渣子在脚旁边，瞅瞅外人没有注意，又旁若无人捡起来重新吃掉，并因此

小窃喜一样。好贪小便宜之人,长相大多也小家子气,贼眉鼠眼,时刻看有人丢了一分钱在地上没有。此类人也做不出大事,因为他总在这样的小处斤斤计较,跟人争个青红皂白,想着自己千万不能吃亏。吃亏是福之类的话,对他完全不起作用,因为小便宜已经在他心里根深蒂固,盘根错节,谁也拔他不去,否则他跟谁都急,拼命也在所不惜。

小市民有小市民的讨便宜方法,文化人也有文化人的自以为聪明的方式。据说有一文化人,想要坐出租车去某个在近处的饭店,但又想占便宜不花分文,于是招手上了车,假装镇定地让司机尽管向前开。等过了一阵,他才装作闲聊般,问司机,千里之外的北京城去不去?司机一听,以为此人要他呢,于是气急败坏,让他赶紧滚下车去,他在省城忙着呢,没工夫去北京,也经不起他这样的戏弄。司机当然不知中了此人的圈套,因为,他恰好就在司机让他滚的地方下车。

《笑府》里有一则名为"讨便宜"的笑话:一人好讨便宜,市人相戒,无敢过其门者。或携砂石一块,自念无妨,径之。其人一见,即呼:"且住!"急趋入,取下厨刀,于石上一再鏖,麾曰:"去!"这个男人当然不属于文化人行列,但也不乏各种为了贪点小便宜,而绞尽脑汁整出的"奇思妙想"。甚至因为此种恶习,他还声名远扬到整个城市的人都知道,放到当下,大约就是"网红"了。好歹网红人人都能搜索,并看到家丑,但此人却让周围人怕到连他家门口也不敢过,怕手里的东西都被他给抢了去,或者看中了,千方百计也要得到。怕到这种程度,足可见其人老鼠一般,人人喊打。想来左右邻居,亲朋好友,都对他敬而远之。怕一近了,就连自己家当,也被他给揩了去。一人胆大,携带砂石一块,想想他若抢夺,此砂石还可作为防身工具,但估计也无大碍,毕竟不是什么值钱物件,量他再怎么贪财,也不会真的拿命来换吧。这人当然低估了贪便宜者的欲望之深度,正从容走过门口,被此人看到,立刻大呼,让他站住。携石者生了胆怯,手里的石头,掂了又掂,不知道是该逃走,还是等那人来了砸向他的脑袋。而当那人操了一把菜刀冲出来时,路人更是战战兢兢,几欲逃走。但他已经被吓得手无缚鸡之力了,所以只能任他将砂石一把夺下,将菜刀放于其上,做出一副磨刀霍霍向猪羊的样子。磨一遍也就罢了,此人还兴奋地一磨再磨,带着一股子泄愤似的快感。而路人,当是吓得身体僵硬不能动弹,犹如一只待宰的

羔羊。

还好，此人磨完了刀，看着那刀锋铮亮无比，得意一笑，似乎平日里因想占而无法占到便宜生出的种种痛苦和纠结，都在这照得出人影的刀光中，得到了稀释，并因此豪迈地一挥手，对路人道：走吧！想来路人会连滚带爬并带着点感激地迅速离去，甚至因为没有遭遇不幸，而原谅了他那点讨便宜的小欲望。

《讨便宜》中的男人，也是小市民里的典型。只是，贪人者，以为自己不付出任何东西，却不知，无形中，他丢掉了更多。那种用尊严换取来的低质量人生，再怎么漫长，其实，不走也罢。

一卷疏朗

李丹崖

去苏州,在江南的一处院落里,看到一道花墙,墙上是圆形的直径一米左右的孔,通过孔看去,那边种着几根竹子,风里摇曳着,疏疏朗朗,简约但好看。

疏朗的美,有时候最能动人心魄,看国画即知,条幅之上,大面积的留白,意蕴隽永,耐人玩味。

观周岁以上的孩童,头发也极其稀疏,软且黄黄的几根,很是可爱,这样的疏朗稚气也让人喜欢。

吃茶,也喜欢一种叫蒙顶甘露的茶,泡出来不像雀舌那样挤挤挨挨,而是疏朗有致,像是泡在茶盏里的国画。我们不能

否认，茶的颜值也会在一定程度上增益茶汤的口感。

面对一幅书法作品，我看不了密密麻麻的小楷，哪怕那小楷写的是《心经》也不行，我总觉得太拥挤了，好像是住在了楼间距极小的小区里，让人透不过气来。我还是喜欢四字或多字的条幅，笔墨之间也可以透透气，伸展一下拳脚，看一眼就让人心境开阔。

疏朗，也许是园艺学的一种审美。太过拥挤的植株在一起，大家都长得不怎么旺盛，草木也会有倦容，还是适当拉开一些间距，让草木在有限区域的营养更充分一些，这样才有茁壮许可下的园艺美。

对于人与人之间，似乎也是疏密有间要好一些。太过殷切，太过浓郁，太过亲密，太过交往频繁，都容易让彼此觉得负累。君子之交淡如水，不必无事献殷勤，不必隔三岔五地滥聚，不必浸淫太多常规交往以外的事物。切忌交往过密，这种人际关系之间的疏朗感，也是需要的。

叶子太过局促拥挤，阳光就不容易照进来，我们还是让生活中多一些疏朗，让阳光走进生活。这也就好比我们看一本书，书本合着，怎么让目光走进去呢？翻开生活这本大书，让目光驰骋，让我们多一卷疏朗在其间。

敬惜母语之美

李晓

我们祖先的遗迹,通常是从母语里探测到的。母语,是时空中巨大而明亮的灯盏,照亮我们祖先在这片大地之上前仆后继的历史。

汉语,它辽阔博大,深厚无底。

近日看到一篇文章,发出对汉语言日渐萎缩的感叹。文章里说,在网络时代,每时每刻都会冒出一些网络热词,这些词语在汉语言的海洋里泛起泡沫,制造着汉语里的垃圾,也让人去强迫着自己跟进时代接受一些低龄化、巨婴化的用词和

语法。

网络时代的这些词语,真的撬动了我们古老文明的文字基石了吗,让我们对母语的前景有了深刻的忧虑之心?

母语的流淌,是一种血脉的奔腾,它生生不息的生命力,应该植根在民间大地的土壤里拔节生长。

一个生命从母体里奔跑着出来,赤条条降临大地,最初的哭啼,其实也是一种语言。那是这个生命,对世界的第一声呢喃。

在殷墟发现的甲骨上,那些最初的文字,艰难地记载着我们祖先的生活。真得感谢那个传说中叫仓颉的人,这个黄帝的史官,他看到用结绳、刀子在木竹上刻一些符号作为记事,心里实在是着急,于是他根据山脉河流走向、野兽足迹、风吹树叶的舞蹈,创造出了最早的文字,无上光荣地成为我们母语的始祖。

打开中国现代老课本,最让我心动的,还是语文。而今再重读百年前的老课本,还能感受到先生们在课本中留下的体温与呼吸。

作为20世纪60年代出生的人,我从中学时代就开始了对中国文学乃至世界文学大家们的广泛阅读。是阅读,让我对人类历史充满了梦幻般的想象,也让我对人世有了深刻认知,对大地万物升腾起了悲悯之心。学习语文,其实是在慢慢地培养一颗心,培养一颗血肉做成的心。

我认识一位女作家,这个当年打着火把赤脚翻越大山求学的乡下女娃,有天跟我聊起过,她一直很喜爱语文课,一本《新华字典》让她翻了好多遍,尤其是中学时代的庞大阅读量,成为她青春期与精神脉络的发育史。中学时代,她就开始写作投稿,后来她还做过一段时间的语文老师,这些年来创作出了1000多万字的文学作品,出版了100多本书籍,深受读者喜欢。她还告诉我,正是中学时代的阅读与积累,让她萌发了作家梦,让她独立地思考人生,她感谢母语的优雅深沉之美。

母语无时无刻不在呼唤着我们,引领着我们。一个民族、一个国家的史记,需要母语的书写,一个民族、一个国家的热爱,也理应是对母语的热爱。语文课,就是对我们母语的学习与温故。我理解的语文课,也是灵魂课。灵魂课,更需要我们享受阅读的生活,通过阅读,让自己微小的人生变得谦卑,最后又通过阅读的哺育,让卑微的人生还原到博大,成全了精神

上浩瀚的故乡，无形中树立起了自己的人生坐标。

在电影《山河故人》里，影片中那位到澳大利亚陪读的父亲，与青春期叛逆的儿子，有了深深隔膜。其中父子之间最大的隔膜，就是语言的陌生，留学的儿子，已彻底不会说汉语、写汉字了。于是父子之间的交流，只能通过父亲纸与笔写出的汉字、儿子电脑上敲打出来的英文，让请来的女翻译做父子之间最缓慢的沟通。影片中，那片隔在大洋洲与中国之间的浩瀚太平洋，就像一个横跨在父子之间宏大无边的心灵黑洞，这是失去母语的痛楚。

人生算题

林志霞

人生之路，像一张铺展开来的试卷，上面排列着许多算题。

时光公平待世，年轮有序增长。年份列出了一道道加法题。去年的2021，今已增到2022，必将走向2023……日子在叠加，年龄在增长；经验在积累，阅历在丰富。生活这本愈翻愈厚的大书上留下一道道痕迹，有汗渍，有泪痕，记录着一路上得到的成功与失败，经验与教训，记载着人情冷暖，世态炎凉，留存着从幼稚单纯到日渐成熟的履历，铭刻着品味苦辣酸

甜的点点滴滴。

　　人生不可逆转，生活无法彩排。我们不能自已地做着减法题。年龄在不断增长，余生却不断减少。青春年少总有耄耋之年时，呱呱坠地后终归走向撒手人寰。儿时曾经掰着手指盼望快快长大，却觉得日子像一头老牛，慢慢悠悠。走着走着，又发现老牛渐变骏马，跑步前行。再后来，骏马插上了翅膀，变成飞鸟，忽然振翅翱翔！眼望着日子一天天飞将而去，方深深叹息，原来生命总是不可逆转，并以重力加速度的速度奔向终点。草木逢春犹可发，人无年少两度时。当年，辛弃疾曾站在京口北固亭怀古，仰天长叹，廉颇老矣，尚能饭否？苏轼由衷慨叹，曹孟德固一世之雄，而今安在哉？朱自清在飞逝的时光中，提笔写下《匆匆》，多想留住时光的脚步，而它却从洗脸的盆中，从手指缝里，从每一缕阳光中悄悄溜走。随着时光的推移，逐渐变老的人们，精力也在减弱。有人说，老的从来不只是容颜，而是全身心的那股子拼劲儿。

　　然而，当我们诵读"莫道桑榆晚，为霞尚满天"，"老牛自知夕阳短，不用扬鞭自奋蹄"这些诗句时，内心开始增添了无穷的力量。心有多大，舞台就有多大。因此，纵有千变万化，纵有多少减法，有了强大的精神力量，人生依然倍放光彩。古代有姜尚八十遇文王一说，近代有艺术大师齐白石耳顺之年画坛创新之举，俄国有托尔斯泰七十二岁完成《复活》的巨著，今有八十二岁钟南山抗疫在一线……

虽然，我们无奈之际常做乘法。年龄在增长，孩子、房子、车子、票子，成为牵绊和烦恼，随着悠悠岁月，成倍环绕着我们。于是，担忧和苦闷往往成倍纠缠着我们。当然，不乏一道道除法题也摆在面前。人生五味，既有琴棋书画诗酒花，也有柴米油盐酱醋茶。既有欢歌笑语怡然自乐，也有困难苦恼病魔缠身。品咂生活味道，五味杂陈，当与我们朝夕相处的身体器官得不到有效保养和维护，健康成为被除数，被各种疾病相除时，用滴滴汗水积攒的有限财富相继被除，方深深醒悟，零配件太贵，我们换不起！

但是，只要我们放下身外之物，淡泊名利，修心明志，无奈的乘数可以成倍减少。身心愉悦，健康保值，除数缩小，幸福指数依旧增长，生命质量得以提升。

盘点人生，加减混合运算题是最常见的题。先做加法，还是先做减法，或者先做乘法还是除法，决定着自己的做法。不

妨将加、减法加上括号，加上读书和学习，将其作为人生永恒的试题。加上运动和健身，将其作为免费的救命药。同时，减去不必要的苦恼和做法。正如杨绛先生所说，之所以烦恼太多，原因是读书太少，想法太多。减去各种无益于身心的不良嗜好。乘以慈善与感恩，乘以修养和内涵，"人之有德于我也，不可忘也；吾有德于人也，不可不忘也"。除以烦恼和忧伤。简而概之，加上有益的，减去多余的，乘以快乐的，除去烦恼的，最后的结果是成倍增长的人生价值。

加减乘除算不尽我们的人生，长短薄厚决定不了我们的信念。无论哪种试题，均需我们善于总结和富有智慧的思考。

逝者如斯，盖将自其变者而观之，则天地不曾以一瞬。自其不变者而观之，则物与我皆无尽也，而又何羡乎？诚然，以智者的心态，仁者的思想，勇者的意志，善者的作为，精心算来，原来人生确有很高的绝对值。

山腰也有好风光

李光乾

"别在平野上停留！也别去爬得太高！打从半高处观看，世界显得最美好。"这是德国著名哲学家尼采的诗，言简意赅，但其中蕴含的道理却值得我们用一生的时间去品味。确实，人生就像登山，行至山腰，脚不酸，腿不软，精力充沛，此时停下来放眼四顾，但见鸟语花香，泉水叮咚，白云飘飘。然而这种美景并非人人都能欣赏，因为有的人以为无限风光在险峰而不停地攀登。

有首讽刺人心不足的诗是这样写的："终日奔忙只为饥，

才得有食又思衣。置下绫罗身上穿，抬头却嫌房屋低……一朝面南做天子，想和神仙下象棋。洞宾陪他把棋下，吩咐快做上天梯……若非此人大限到，上到九天还嫌低。"红尘中人哪个不是使出吃奶的劲往上爬？只有淡泊名利的人，才会急流勇退。

清代才子袁枚就是这样的人。

乾隆二十一年（1756年），袁枚由于厌恶官场倾轧，四十岁时便辞官，在江宁（今南京市）小仓山下筑室定居，世称随园先生。曾作一副对联："不作公卿，非无福命只缘懒；难成仙佛，爱读诗书又恋花。"他在随园养花读书，自得其乐，晚年游历南方名山胜景，与诗友酬唱交往，度过了四十多年无官一身轻的悠闲生活。

人生最难把握的是"半高处"。

有的人一辈子碌碌无为，只在原地转圈子，不知道"半高处"；有的人总是快马加鞭往前跑，也不知道"半高处"。但若就此以为国人愚钝，尼采聪明，那就大错特错了。其实，早在两千多年前，中华文化的集大成者孔子就知道"半高处"的妙处。在《论语》中，孔子说："中庸之为德也，其至矣乎，民鲜久矣。"意思是说，中庸作为一种美德，是最高的境界，但是普通的老百姓缺乏这种美德已经很久了。中庸之道，是中华文化的精髓，强调天人合一，达到人与自然的和谐、心灵的和谐。它是一种道德境界，也是一种处世的原则和方法。所谓"中庸"就是不偏不倚，不过不及，不左不右，凡事恰到好处。"中"指处事所掌握的"节"与"度"，即分寸、尺度，它不是处于对立两端等距离的中心，更不是混淆是非、模棱两可的折中主义。同理，"半高处"也不是海拔高度的一半，而是随具体事物而变动。古人言："行百里者半九十"，意思是行百里路，走了九十里，也只是走了一半。以此类推，登五千米高峰的人，在四千米处停下来，仍然是"半高处"。

清人李密庵有首《半半歌》："看破浮生过半，半之受用无边。半中岁月尽幽闲，半里乾坤宽展……酒饮半酣正好，花开半时偏妍。帆张半扇免翻颠，马放半缰稳便。半少却饶滋味，半多反厌纠缠。百年苦乐半相参，会占便宜只半。"

这首《半半歌》描绘的便是山腰的风光。

可惜很少有人欣赏这种风光。红尘中人虽然大多都处于人生的山腰，但却两眼向上，盯着最高处。人们梦寐以求的是更

高的位子、更多的票子、更好的房子……真正看破、看透、看空，适可而止，见好就收的人寥寥无几。

人生没有完满，知足常乐才会少些遗憾。与其求而不得徒增烦恼，何不安享到手的快乐幸福呢？

风檐展书读

邹世昌

"风檐展书读,古道照颜色。"每读文天祥的《正气歌》,都会被其凛然大义的气节感动,与字里行间充满的英雄心底的呐喊共鸣。

《正气歌》全诗感情深如海,气崩山河碎,面对威逼利诱,文山先生不为所动,誓死不屈,在暑气、腐气、秽气等七气的熏蒸中,慷慨挥毫而就:"天地有正气,杂然赋流形。下则为河岳,上则为日星。于人曰浩然,沛乎塞苍冥……"文山先生能够誓死明节,究其原因,就如《正气歌》中所说的一样:"彼气

有七，吾气有一。"

"唯有一腔忠烈气，碧空常共暮云愁"，文山先生在刑场上，仍面对南方跪拜，赋诗以明志，诚如乾隆帝赞曰："忠诚之心不徒出于一时之激，久而弥励，浩然之气，与日月争光。该志士仁人欲伸大义于天下者，不以成败利钝动其心。"是啊！文山先生在被囚期间，放弃高至丞相的官职不做，面对以妻女为奴相逼的境况不降，展现古仁人志士崇高的民族气节和爱国主义情怀。

作为一个囚禁之人，仍然能有在有风的屋檐下读书，青史留名不染尘的浩然正气，至今读来仍然热血沸腾、心神激荡。试想，如果在同等条件下，又有几人能够做到初心不改，慷慨赴义？正如文山先生被俘时所写"人生自古谁无死，留取丹心照汗青"，这是将生死置之度外的生命绝唱，这是忠烈至极的铮铮铁骨。

《宋史》记载文山先生："体貌丰伟，美皙如玉，秀眉而长目，顾盼烨然。"文山先生不但颜值很高，而且才华横溢，二十岁即考取进士，在集英殿答对论策。当时宋理宗在位已很久，治理政事渐渐怠惰，文天祥以法天不息为题议论策对，其文章有一万多字，没有写草稿，一气写完。宋理宗震惊不已，亲自选拔他为第一名。

试想，原本可以靠颜值、才情逍遥一生的文山先生，偏偏忧国忧民，刚正不阿，选择了一条崎岖难行的抗元之路。这与他所接受的良好教育密不可分。文山先生的父亲文仪，是一位饱学之士，却一生只读书不出仕，给孩子们树立了淡泊名利的榜样。文山先生的母亲曾德慈，也是出身于耕读传家的名门，她深明大义，爱子却不宠子。文山先生二十岁时，进入著名的白鹭洲书院学习，师从欧阳守道。欧阳守道学识渊博，为人刚正。欧阳守道死后，文山先生在祭文中写道："先生之学，求为有益于世用，而不为高谈虚语。"这也是做事的准则。而"及其为人也，发于诚心，摧山岳，沮金石，虽谤兴毁来，而不悔其所为"，又被文山先生当成了做人的标准。

于是，当元朝大军攻来时，文山先生毫不犹豫挺身而出。他变卖家产，拉起了一支万人抵抗队伍，以实际行动响应朝廷的勤王诏令。

谁说书生无骨气，仗剑匹马破敌顽。在国家危亡之际，文山先生给我们上了一课，告诉我们何为忠义无双，何为国家兴

亡，匹夫有责。这不是书生意气，也不是国士愚忠，而是堂堂正气、凛凛骨气、浩浩英气，是真正的气节与信念，是闪耀于生命之上的人性之光。

  风檐展书读，丹心擎日月。每读《正气歌》，胸中便有一股正气在悠然升腾，骨骼里的钙便增加几分，阳光般的力量充满全身，元气满满地继续热爱生活以及诗和远方。

早

吕游

一

"十"古称"甲",指古代士兵戴的头盔。"早"指太阳刚刚升起到与人的头盔高度接近处的时间……

阳光照在头顶为"早",头顶着新一天的朝阳为"早",身披一身霞光为"早",若你天天睡懒觉,阳光怎能抚摸到你?你每天便看不到"早"。

一生无早,不知要失去多少本该属于你的风景。

而早晨的风景是最美丽的,错过了,一天就看不到了;

天天错过,一年就看不到;

年年错过,一生就看不到。

早早得"早",迟迟得"迟"。越早越早,越迟越迟。一生没有"早",一生都是"迟"……

二

古人常感叹:"莫道君行早,更有早行人。"意思是,不要说你走得有多么早,还有比你走得更早的人。

毛泽东也在《清平乐·会昌》一词中写道:"东方欲晓,莫道君行早。踏遍青山人未老,风景这边独好。"

人们早上相逢、问候,"早上好"成了最美的祝福;

鲁迅曾在书桌上刻下一个"早"字,作为自己的座右铭;

作家福楼拜天天早起看日出,与早同起、同步、同行;

心灵大师卡耐基说,我把一生的成就都归功于凡事早到15分钟。别小看这15分钟,一生累积起来该早到多少分钟?

自古以来,连要饭都没有要早饭的,可见要饭的若能早起,也就不至于去要饭了……

一日之计在于晨，一年之计在于春，一生之计在于早。

一事无成，与早无缘；

一切成功，都藏在早里。

三

早启程早开始，早出发早到达。黑发不知勤学早，白首方悔读书迟。只要起得早，笨鸟也不一定会落后；只要飞得早，快鸟也一定能飞得更远更高。

早，意味着分分早、时时早、天天早、周周早、月月早、季季早、年年早，处处都要早，事事都要早，什么都要早，一切都要早，一生都要早。

早不起误一天，早不学误一生。"小荷才露尖尖角，早有蜻蜓立上头。"只要手里抓住"早"，许多美丽的风景都会站在"早"上面的……

有早才有晨，无早晨何在？早是晨的心，早是一天的心，早是一天的魂。

早是一生的魂！

四

从字形上看,早,即刚刚升至你头顶的朝阳,正呼唤你走出十字路口。而你,也正大踏步地跨过你人生最重要的十字路口,扛着太阳早早出发。

扛起太阳,就是扛起了你新的一天,扛起了你新的人生。

不过,朝阳距你1.5亿千米,你能看见她,她却看不见你,但她可用她温柔的光线抚摸到你,伸出霞光与你握手啊!

握住了霞光的手,你仿佛就握住了太阳的手。

看日出,不仅是看大自然的日出,也是在看你自己心中的日出、思想的日出、灵魂的日出、生命的日出啊!

五

早是一天的头,新年是一年的头,出生是生命的头,童年是人生的头,初恋是爱情的头,新婚是幸福的头……

世上凡从头开始的都是美好的,因为每一个开始里都住着一个美丽天使,都是一天新鲜日子、一个新的征程,一次人生、一段新生活的全新起航。

然而,我们能有多少"从头开始"呢?

每一次日出,都是蓝天发给你的一张圆圆的、红红的崭新一天的请柬。

可是,人的一生能收到多少这样的请柬呢?

别看现在天天有,若不珍惜,总有永远不发给你的那天。

没有早晨的请柬,就只剩下死亡的请柬了……

六

有人说,早起的人,能同时在天空看到"三光":晨光、月光、星光。《三字经》云:"三光者,日月星。"晚起的人,是看不到这"三光"的。

谁起得早,谁看到的、得到的、拥有的一定多!

一天得到多,一月、一年、一生该多得到多少?

天天早起的你,比天天晚起的人多的不仅是"早"——

你的一天,也悄悄变长了;

你的一年,也悄悄变长了;

你的一生,也悄悄变长了。

七

《红与黑》的作者司汤达说，人一生是由许多早晨组成的。

一位英国作家也说，你一早醒来，你的皮包里就会自动装进去崭新的 24 个小时，它们全都是你的，这是你每天早上得到的最珍贵的财富。

谚语说，早起三天，等于多活一天。还有人做过统计，以每个清早两小时计，一生就是约六万个小时，相当于七年。

谁若不愿早起，他一生至少比别人要少活七年。

一个"早"字，值七年，几乎占人生的十分之一。

一寸光阴一寸金，七年光阴该值多少金？

七年有多重，早就有多重！

八

明代画家唐寅在《警世诗》中说："过来昨日疑前世，睡起今朝觉再生。"若把一生当作一天，昨天何尝不是前世，今天何尝不是今生？

昨天，仿佛已是很遥远的事了；今天，仿佛是又一次出生——一个不同于昨天的全新的今天、一个不同于昨天的全新的你，重新来到这个世界。

一年有365个早晨，难道我们一年有365次新生？

一生约有三万个早晨，难道我们一生有三万次新生？

若每天早起睁开眼睛，看到的全是新的阳光、新的风景、新的气象、新的人生、新的青春，那我们的人生该多么美好！

九

晚上睡觉意味着这一天消亡，清早醒来表示这一天复活，阿拉斯加的因纽特人就是这样认为的。在他们眼里，每天晚上睡着时，相当于来到另一个世界；到第二天天亮早早醒来时，相当于重生，为又一次获得新的生命他们欣喜万分。

其实死亡与睡着，都是对这个美好的世界失去了知觉。唯一不同的是，睡着是暂时的，还有醒来时；死却是永远的，不会再醒来。

短睡为梦，长睡为逝。醒来的过了一天，没有醒来的过了一生。

每天清早，当你正常醒来时并不懂得它有多么重要，有的还要睡睡懒觉，等到永远醒不来时一切都太迟了。

愿你的内心壮阔山河

据统计，全世界平均每天约有 16 万人走向生命终点，且大多发生在后半夜，他们已经看不到第二天早晨的霞光了。

走进黑夜再也没有醒来的人，是世上最悲哀的人；每天睁开眼睛还能看到早晨的人，是世上最幸运的人。

每一天早晨醒来，其实都是我们看不见的、不易察觉的、不被重视的一次美好"新生"。

我们失去了一天，却得到了新的一天；也有人失去了一天，却失去了自己的一生……

看来，珍惜一生，在于珍惜每一天；

有时，珍惜一天，便等于珍惜一生。

旁观者,未必清

程应峰

都说"当局者迷,旁观者清",旁观者究竟"清"还是"迷",这要看在什么事情上。在玩扑克打麻将这样的俗事上,旁观者同时观看了两人以上的牌,自然会比当局者更清楚场上的局势。在涉及一个国家一个民族的事情上,一味旁观,也就无"清"可言了。这种情形下,我们都理应是当局者,不清也得清。所谓"天下兴亡,匹夫有责",就是事关国家民族时,任何人都不宜做旁观者。当了旁观者,说明没有起码的社会责任心,这才是人生最大的"迷"局。

三国时期，徐庶学问大，排兵布阵，三十六计，滚瓜烂熟，听水镜先生之劝，投了刘备。但徐庶是个孝子，看见一封伪造的信件说母亲去了曹营，就非去曹营救母不可。徐母责怪儿子连这么点小伎俩都看不透，为儿子的弃明投暗而自尽。对此，"旁观者"山野闲人水镜先生是看得透彻的。

更多的旁观者是不明就里的。这种人，总是将自己置身事外，袖手旁观，可以说，这种人就算活得再久，也很难有铭心刻骨的成败、甘苦、爱憎、冷暖等体验，这样的活无异于白活。凡事只是袖手旁观，不动手，不动脑，是难以厘清是非得失、兴衰成败的。就像悠闲的小鸟看得见长江奔流入海，却不清楚江水为什么会永远执着于海洋的方向；翩跹的蝴蝶看得见飞蛾扑向闪烁的火焰，却不清楚它是因进化需要才具备了趋光性一样。

有心理学家做过一个实验：给一些参加实验的人呈现一张图片的一部分，让被测试者描述这张图片的内容。这部分图片上有一名穿着运动服的男子在路上跑步，于是，被测试者说这是一个人在锻炼身体；这时，心理学家呈现了图片的另一部分，只见那名男子前面还有一名女子一脸惊恐地跑，被测试者立刻断定这是一个流氓在追一个姑娘；最后，心理学家给被测试者看了图片的全部，被测试者才发现图片上这两人身后还有一只老虎在追，这才是这两个人要跑的原因。由此可见，旁观者面对一件事的时候，只通过一个片段而后根据自己的经验做出主观判断，是难免有失偏颇的。

不明就里的旁观者，难以理解当局者有怎样的心志和信念。屈原怀着满腔悲愤，来到咆哮的江边，遇见了渔父——那个最具代表性的旁观者诘问道："众人皆醉，何不其餔糟而啜其醨？"渔父之问深深刺痛了屈原，他怎么会懂得一位爱国诗人体内流淌的热血？他只知道渔舟唱晚的美妙，却不清楚忠而被谤的苦痛。"举世皆浊我独清，众人皆醉我独醒"，屈原的理想抱负不得施展，忧心如焚，无日可了，只能在绝望中愤怒地呐喊着投汨罗江而去。

"换位思考"是一种提法，事实上，有些位是无法置换的。如此一来，旁观者不明当局者的心志，不解当局者的奋斗史，更没有当局者的热心肠，是不可能"清"到哪里去的。

不过是惜物

蒋曼

物资匮乏的年代，人们因为贫穷而惜物，扔掉一件东西的理由是"不能用"。现在，我们把物品变成垃圾的理由是"不喜欢"。惜物节用反而成为小气的代名词。

我们今天当然用得起，网购平台上物品多如牛毛，只有想不到的，没有买不到的。对付一个生鸡蛋就有煎蛋器、煮蛋器、分离器、搅拌器。如果每天都需要用，当然无可厚非。但许多人买回去，就是图个新鲜，用一两次，就放在那里，最后变成垃圾；汗牛充栋的不是书，是小孩子的玩具和旧衣。买的时候毫不犹豫,扔的时候斩钉截铁。一进一出,人不但消耗着资源,还生产垃圾。

白居易说:"天育物有时,地生财有限,而人之欲无极。"消费浪潮中被鼓动起来的欲望让人失去了爱惜之心、敬畏之心。《周易·系辞上》曰:"备物致用,立成器以为天下利。"每一次购物狂欢后,真的物尽其用了吗?在商家消费的鼓动中,人们头脑发热,总要买下不必要的物品,囤积在家中。

老年人受不了超市里买二赠一的促销诱惑;女人常说,去年的衣服已经配不上今年的我了;男人们对各种电子产品换代升级痴迷;孩子的各类童车随着年龄络绎不绝。因为来得太容易,所以丢弃也就随意。抢了十卷卫生纸的朋友,觉得怎么用也用不完,于是,抹布不用了,用卫生纸擦桌子;冰箱成为垃圾预处理器,装得满满,然后慢慢过期。产生的垃圾应该怎样分类其实不重要,重要的是我们对物轻慢的态度。

今天,我们普通人消耗的物品是过去的几倍,但人们的囤积欲还在膨胀,忍不住在每一次消费狂潮中清空购物车,恨不能把家变成阿房宫,穷奢极欲,迷失在物的环绕中。孔子在《论语·述而》中曰:"奢则不孙,俭则固。与其不孙也,宁

固。"意思是奢侈使人狂妄，节俭使人寒酸，宁可显得寒酸也不能狂妄。"鼎铛玉石，金块珠砾，弃掷逦迤"的秦帝国灭亡了。现代人站在垃圾桶前接受灵魂的拷问：奈何取之尽锱铢，用之如泥沙？至少有这样一个时刻，在思考垃圾的去处时，我们会反思日子该怎样过。

古人常说："一粥一饭，当思来之不易；半丝半缕，恒念物力维艰。"曾有报道说，我们每年在餐桌上浪费的粮食价值高达2000亿元，被倒掉的食物相当于2亿多人一年的口粮，真是让人触目惊心。惜物不仅是节约资源，更是减少污染、爱护环境的需要。

大道至简，把每天的餐盘吃得干净，不盲目购买物品，简化日常行为。取之有度，用之有节。精打细算不仅是过苦日子，富裕的生活同样用得着。

古人云："唯天下至诚，为能尽其性。能尽其性，则能尽人之性。能尽人之性，则能尽物之性。能尽物之性，则可以赞天地之化育。可以赞天地之化育，则可以与天地参矣。"

人要尽人性，物要尽物性，才能天人合一、物我共生。惜物就是对万事万物的尊重，物尽其用能让资源发挥最大的作用，垃圾也就少了。敬天惜物，珍惜每一粒粮食、每一滴水，才能让物和人彼此滋养，这才是垃圾分类背后人们需要明白的道理。

无用之美

李柏林

一

我们常常被人问到,那有什么用?

上小学时,我特别热衷于画画。总是一个人坐在院子里画着,可是我身边的人却并不认为这是一个好的兴趣。他们告诉我,考试又不考美术,那有什么用?

上初中时,我开始喜欢林俊杰,我会省早饭钱,去买林俊杰的海报和CD。我本来是个五音不全的人,可是因为喜欢林俊杰,我开始学他的歌。为了歌词抄得好看,我开始练字。可是父母觉得学生就应该好好学习，那个时候，我听到的最多的话，就是那有什么用，你那么喜欢他，可是他从来不知道你。

高中的时候，我学了《琵琶行》，开始迷上文学，喜欢上满腹才华的白居易。每个周末，我都回家上网搜集白居易的各种资料。甚至因为他，我开始关注各种乐器，琵琶、古筝、陶笛……我的老师劝我说，考试只考朝代和名句，研究那些课本之外的东西，有什么用呢？

即使是后来毕了业，我总是每天抽空读书。还会有人在我身边说，读书，有什么用呢？读书可以赚钱吗？我们已经过了做阅读理解的年龄了，生活里只有柴米油盐。

好像学生时代，身边的人都喜欢用成绩来衡量一件事物有没有用，而成年后，我们期待着迅速变现。不知道从什么时候起，如果一件事物不能立马给我们带来价值，就被定义为无用。

二

那有什么用？让我想到了关于庄子的一则故事。

庄子与弟子走到一座山脚下，看见一株大树，枝繁叶茂，耸立在大溪旁。庄子问伐木者："这么高大的树木，怎么没人砍

伐？"伐木者对此树不屑一顾地说："这何足为奇？此树是一种不中用的木材。用来做舟船，则沉于水；用来做棺材，则很快腐烂；用来做器具，则容易毁坏；用来做门窗，则脂液不干；用来做柱子，则易受虫蚀，此乃不成材之木。不材之木也，无所可用，故能有如此之寿。"

听了此话，庄子说："树不成材，方可免祸；人不成才，亦可保身也。人皆知有用之用，却不知无用之用也。"弟子恍然大悟，点头不已。

果树因为能结出鲜美的果实，而经常被人折断，柏树因为可以做栋梁之材，所以常常刀斧加身而短命，不能终享天年。而这棵树因为无用，反而免遭刀斧之祸，自由自在地生长，成了一道风景。

人生在世，不同的标准下，有着不同的价值。有时候看似无用也是用，人不能总是用"利益"来作为唯一的评判标准。天生万物，各有不同，不单为取悦人而存在。

三

在毕业后，我并没有放弃画画。在我眼里，作为一个二十多岁的大龄学画者,画画并不能让我成名成家,但是通过画画,我找到了属于自己的成就感。

过了青春期,我也不再追星了。可是现在看到那些追星的小朋友,我总能理解他们,觉得自己也是这样走过来的。每次有压力时,我都会跑去KTV唱一下午林俊杰的歌,让自己满血复活。而更重要的是,通过抄歌词,我把练字当成了一种习惯。

后来,我也并没有成为研究白居易的学者,但是面对不同的心情,我总能想到一两句白居易的诗。有次在一次新闻活动上,我遇到了一个吹陶笛的男孩,闲聊中我跟他提起了一些冷门的曲子和一些曲艺家。他诧异地问我一个学新闻的怎么会知道这些知识。我当时很开心,并不是因为他的诧异,而是那些曲子曾带给我美的享受。

而书呢,就更不用说了,让我看到了更远的地方,交到了更多优秀的朋友。有人说读书好比隐身地串门,不用去预约,不用去求见,也不用怕打扰主人,翻开书面就闯进大门,翻过几页就登堂入室。而我更觉得,读书就像竹篮子打水一样,读书不是为了记住,而是为了让人干净。一本书可能读了就忘了,但你一直读下去,竹篮就一次次被放进水里,时间长了,

竹篮就变得干净。你根本不知道，你会在哪本无用的书里，读到了一句话，点亮了黑暗中的你。

四

我也常常觉得自己是个无用之人，从小到大成绩不好，被身边的老师和家长形容成那种喜欢做无用功的人。我不喜欢研究考试技巧，却喜欢研究花鸟鱼虫，我也不喜欢研究何为有利，却总想在一片云下放飞自我。

如今我们最喜欢的词，叫快速变现，甚至书籍都会被分为有用的书、无用的书。我们去读写作技巧，希望一夜之间成为作家，我们去学瑜伽，希望不久之后能身材婀娜，我们在学习任何一种知识，首先考虑到的是结果。

可是这样的生活，怎么会快乐？当对于一件事有了太多的功利心，开始权衡利弊，开始想结果，如果成功就开心，失败就伤心，那我们的一举一动，都被外界的情绪牵动着，岂不是成了世俗的傀儡？

五

所谓有用，不过是满足了自己物质的欲望，而比物质高出一个境界的，是精神。江上之清风，山间之明月，看似无用，却装点了无数人的梦。百无一用是书生，可是诗篇却在历史中铭刻了几千年。

当我们结束了一天疲惫的工作，坐在地铁上，想着自己也许就这样平庸地普通下去，可是戴上耳机听一首偶像的歌，想想少年时的梦，是不是会更加有斗志？

当我们在现实面前挫败时，躲进小楼，听听雨声，或者随手读一本书，听听音乐，这些看似无用的事，却将一颗心沉到了湖底。

我们一直学着世人认为有用的知识，而到最后，我们才发觉，真正将我们从平庸生活中解救出来的，从来都是无用的东西啊。

只不过是有用的东西取悦了别人，无用的东西取悦了自己。

六

无用之用，方为大用，无用与有用之间，隔着时间这

条河。

就像竹子定律，竹子在前四年只生长了三厘米，但是在第五年以每天三十厘米的速度在生长。前四年，它看似没有变化，实则是在吸取养分和强大根基，积累力量。

世界上大部分的无用，都藏在有用中。吟无用之诗，醉无用之酒，读无用之书，钟无用之情，终于成一个无用之人，却因此活得赏心悦目，有滋有味。

无用之用，是时间留给有心人的惊喜。而无用之美，在于喧嚣褪后，只有美一言不发安慰你。

整幢大楼都是热的

胡建新

很多年前的一个寒冬,我第一次到北方出差,办完事后应当地一位朋友的盛情邀请,在他家里小住几日。作为一个南方人,我本以为北方的冬天不好过,谁知在他家里不但感觉不到丁点儿寒意,而且觉得好像春夏季节,大部分时间只需穿一件单衣——这当然得益于那里统一供应的暖气。可第二天傍晚,我忽然发现,主人关了一天暖气,房间里却依然温暖如春。我不禁好奇地问主人:"整整一天都关着暖气,家里怎么还这么暖和?"主人笑着回答道:"这里每家每户都开着暖气,整幢大楼

都是热的，所以即使我们家关了暖气，也照样暖烘烘的。"我又脱口而问："那如果大家都关了，只有一两家开着呢？"主人又笑了笑，说："那肯定就没有这么暖和了。"

听了主人的话，我恍然有所感悟：一个集体不就像冬天里的一幢大楼么？如果大家都奉献热量，整个集体或整群人必然会觉得格外温暖。纵然极少数人不愿或不能奉献自己的一份"热气"，也无损于整个集体的温暖如春；但如果绝大多数人都冷若冰霜、无"热"可奉，整个群体就没有温暖可言了。

我进而又有所思：人与人之间需要抱团取暖。一个人即使穿得再多，也难以抵御住严寒的侵袭；但如果很多人在一起紧紧抱团，互相用身体温暖他人，就会产生不一般的热量，大家就不会感到寒冷。这也正好说明，有的地方、有的集体之所以没有那种让人感觉温暖的环境和温馨的氛围，主要在于有些人不愿奉献自己的一份光和热，却总是希望别人用光和热来温暖自己；有的甚至不但不愿自己发光发热，反而为了一己之私而偷偷地干着挖集体墙脚、分集体热量的事情。毫无疑问，这样的人越多，对整幢大楼"供暖系统"的破坏就越大，集体的能量就会涣散，群体的利益就会受损。诚如"热楼效应"所示，倘若人人都指望别人贡献热量而自己却吝啬得要命,那就享受不到集体的温暖,最后挨冻的也必然是自己。

西汉时主持编纂《淮南子》的刘安曾说:"千人同心,则得千人之力;万人异心,则无一人可用。"在此似可套改为:千人同温,则得千人之热;万人异温,则无一人可暖。南宋诗人王镃有诗云:"探春绕遍玉阑干,香暗冰痕屐齿寒。怕有花头遭冻损,枝枝呵手揎来看。"倘若人人都像诗人这样有一颗柔软善良、怜惜万物之心,担心他人受冻而用心用力去呵护,就会让更多的人得到温暖而避免挨冻受困。正所谓"一花独放不是春,万紫千红春满园",一个人的能量再大、光环再耀眼,也形不成大气候,只有更多的人释放能量、绽放光彩,才能活力四射、光耀千里;而在大家同放光彩的时候,也会使每个人的光焰更加灿烂夺目。就像同在一个快要干涸的池塘里,鱼儿们相濡以沫,既可自救,亦可互救;同在一条行驶在湍急河流中的船上,水手们齐心共济,就能战胜险滩恶浪,抵达理想彼岸。

说来说去,其实无非是在重复一个浅显而永恒的真理:众人拾柴火焰高,步调一致才能得胜利。

你的专属幸运星
正在派送中，
请随时保持心情畅通。

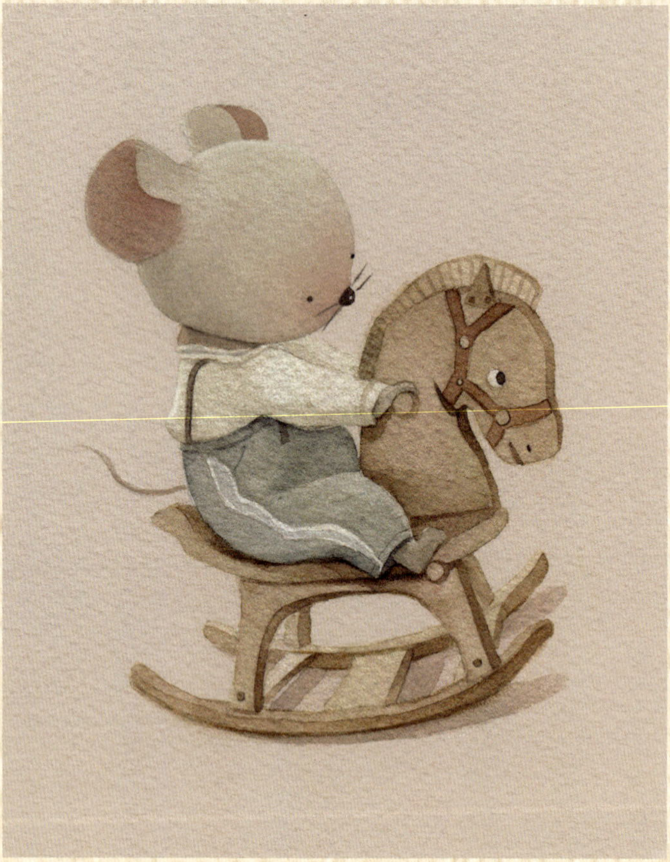

一个人的周末,幸福满格。
心安理得虚度时光。

不开心的时候

卡路里是最好的伙伴。

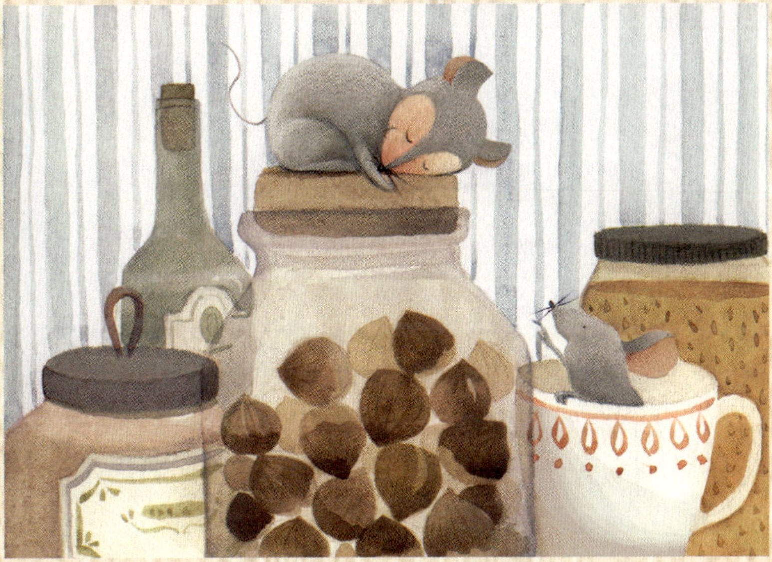

时间和距离让我们的生活
少了交集，慢慢失了联系，
但每次相见依然有聊不完的话题，

我还是那时的我，
你还是那个你。

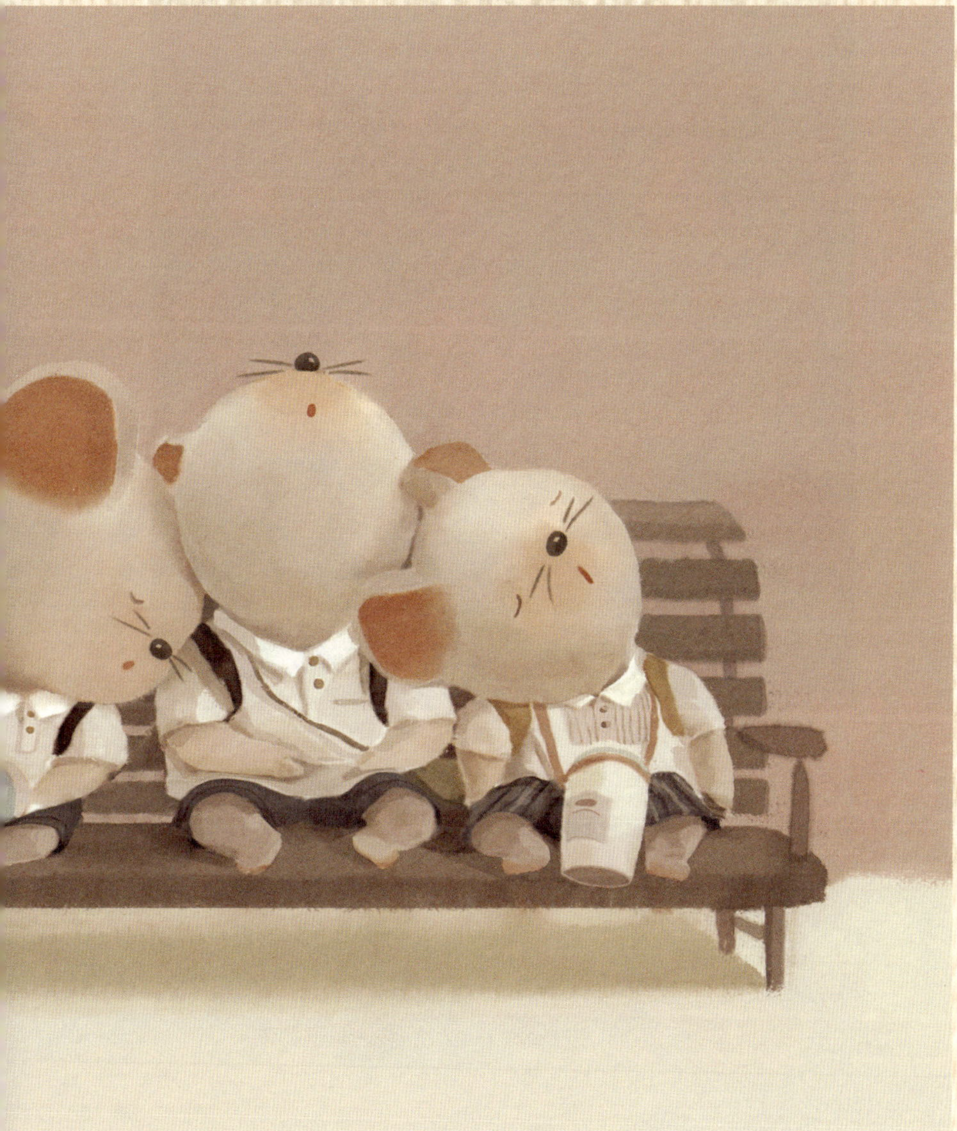

我是浩瀚宇宙中的一颗渺渺星辰，
在群星闪耀中毫不起眼，
但却可以注视整个宇宙。

读书便佳

耿艳菊

一段不长不短的小假期,这美好轻松的小时光做什么事好呢?古人书房里的那句简短的对联是心中最好的答案——为善最乐,读书便佳。

当别人欢喜雀跃查路线购票去外面看世界的时候,我在网上寻寻觅觅,把平常记录在笔记本上要读的书一一选好,下单,等待它们如期而至,以丰盈这段短暂的自由随心的快乐时光。

平常的日子,每天也必然会读一点书,但没有假期这样大块的时间，可以慢慢地、细细地品读。而读书又是日常生活必不可少的一部分，如同吃饭一样给生命供给营养。即使要忙着照顾家庭，为生存奔波，也得挤出些许时间读一会儿书，给心灵一点安静的空间，让精神明亮一点。

记得有位作家谈论读书，说躺在床上看书是最舒服的，尤其是冬天的晚上，把脚一泡，早早地爬上床，拥着厚厚的被子，斜靠在床上，捧读古人书，此时那一种快活与暖和，不要说什么成功和名利，就拿个天下来也不换。

我平日里每天看书的时间就是这样天下也不换的珍贵时光。劳累了一天，回到家，吃完晚饭，洗漱完，每当躺到床上，拿起书的那一刻，一天里所有发生过的一切，不管是难过还是快乐，都因为读书而有意义，心里只有两个字：幸福。

但毕竟劳累了一天，又加上早起，书读一会儿就困意袭来，常常是刚读了几页不知不觉就睡着了。夜读的这段珍贵时光很美好，也实在太短暂。

因此，假期来临的时候，总是令我充满了期待和喜悦，很多读书的计划也在这段时光里可以悠闲地完成。时间上充足，心理上也放松了，读书时也特别容易进入状态。

像《红楼梦》这样悠长的古典小说，我都会选择在这段时光里慢慢品读。这次选购的书籍里就有《红楼梦》，家里已经有两套了，但选本不一样，出版社不一样，此次购的又是一个选本。《红楼梦》这样的厚书，我每年都会读一回，每回都会有新的收获，它值得一读再读。

"花径不曾缘客扫，蓬门今始为君开。"等待书籍到来的心情，就像等待知心老友一般。把窗下的沙发打理得温馨舒适，抱枕、毯子，重新清洗，阳光下曝晒。这明亮带着阳光味道的角落是打算在假期静心读书的地方。

车水马龙，匆匆忙忙，笑语喧喧，繁花似锦，轰轰烈烈。这不是我喜欢的世界。我喜欢的是书籍里的那份安静和缓慢，像被人遗忘的园林，那样寂寂地，悄悄地，缓缓地，跟着日月星辰，静静生长，四时轮转。

今天看到池莉的一篇散文，她写道："慢慢来，还不只是比较快，还不止是一种时间节奏，还不止是一种怡人的从容，更是一种往深刻里浸透的深邃。这种浸透，能够触及你的灵魂，能够在你灵魂里铭刻你的生物记忆，纵然外界总是刮着急急的流行风，也卷不走那个泰然自若的你，这叫活着。"

她写的这篇散文说的是当下世界的快和慢，我觉得这段话形容读书也是很贴切的。读书，根本不会有立竿见影的效果。而读书的美好，恰恰就在于它的慢。这种慢的力量又是那样从容强大，就是那种往深刻里浸透灵魂的深邃，影响着一个人的胸襟和气质。

所有的结局
都未曾写好

被叶子治愈

肖海珍

当读到"世界上没有两片完全相同的叶子"时,我曾经质疑过这句话:且不说地球上那无数多的植物种类,就是一棵树上也能长出不可计数的叶子,怎么会没有两片完全相同的叶子呢?

真相让我大开眼界。原来,不同植物有不同的生理特点、生长环境,反映在具体的一片叶片上,于是就有了每一片叶片独特的形状、颜色、大小、厚薄以及叶脉结构。

看似这多得不起眼的平凡渺小的叶子,历经自然选择,竟然也被大自然的鬼斧神工雕琢成一个个如此独一无二的个体，每一片叶子上都写满着物种的神奇奥妙，形成了自己特有的吸引力，在适合自己的土地上，努力长成令自己自在又喜欢的模样。这岂不令人感叹不已！

程颢有诗曰："万物静观皆自得，四时佳兴与人同。"在广袤的自然界，我们都是极为渺小的一粒尘埃。或许，我们曾为自己的卑微渺小自卑过，消沉过，懈怠过，其实，我们每个人亦是独一无二的生命个体，你就是你，无可复制的你，就像叶片一样，该活成自己喜欢又自在的模样。

叶片卑微渺小，却缺一不可。叶子不争艳，悄悄地长大着，静静地陪衬着，默默地奉献着，于是就有了花草树木诸类植物的生机茁壮茂盛，有了花果的艳丽丰硕，有了丰富厚实的大地美景，有了人间美不胜收的诗情画意。叶片不说话，却富有人的情感，生命，和平，希望，友谊，奉献，平凡，感恩，报答……人该学叶一样，只要心中有光，就能从容淡定地做一个健康、快乐又充满活力的人。

在时光的底片上，万物皆是浮光掠影。小小的一片叶，却也是宇宙之至美，即便是到了生命的深秋，依然用曼妙的飘落

> 写好结局
> 所有的都未曾

装点出斑斓的自然美景，给予世人以唯美的情愫抒怀。我想，每一片叶片都是有灵魂的，它被赋予了生命的颜色和光亮，让你触目感怀：时光，浓淡相宜；流年，长短皆逝。窥叶见人，我们都需要有平和淡定地迎接风雨阴晴的心态，做一个无所畏惧的人，勇敢地直面人生，无论诞生与消亡。亦要相信，无论黑夜多么漫长，朝阳总会冉冉升起，无论风雨多么肆虐，春风总会徐徐吹拂。

我们需要叶的治愈。

很长一段时间我都难以走出不良情绪的困扰，直到读到"世界上没有两片完全相同的叶子"，方才释怀。俯仰之间，满目是各种各样叶片的深浅不一的着色，也正是有这般的丰富多彩，泼墨出了最富有的大地风光。这圣灵的叶子，陡然让我心中充满敬畏，赋予我一股巨大的能量，给我以情感寄托和安慰。念念不忘，必有回响。生命具有无穷奥妙，在同样具有生命与灵魂的叶子面前，我领悟到了生命的意义。天地有大美而不言，那些花草树木的神奇和灵气，在冥冥之中将我治愈。一个人的生命感受不只来自时间的传承，也来自空间的凝视，于是，我把对亲人的思念印记在这些不起眼的叶片上。

家里院子里有几棵桂花树，那是新居落成时父亲亲手所种，如今已经冠盖成荫，枝枝相叠，叶子丛丛密绽，不时有鸟雀欢跃枝头，树枝微颤，几片桂叶翩翩飘落。在落叶的枝丫处，有新芽长出。恰值桂香飘院，静嗅花香，恍惚间感觉平凡一生的父亲不曾离开我们，一直守护在枝头。

在岁月面前，我们都看见过一树辉煌与灿烂，亦看见残景与凄凉；看见过晨曦清醉，也看见过落叶飘零。世界很大，人生很小，如叶，"一花一世界，一叶一菩提"。神往之那叶，竟平抚了我的思念，排解了好长时间以来不良情绪的困扰，赋予我无穷的力量，且让我活在这精灵的童话里，管它是梦幻还是真实，互相陪伴，彼此治愈。

把"近忧"抛给未来

马海霞

朋友小敏在朋友圈晒了她上初一时写的日记，日记里她写了自己的两个心愿：一是希望自己在未来的某一天能摘掉近视眼镜，重见"光明"；第二个心愿是将来可以成为一名作家。

朋友们都给她点赞，祝贺她心想事成了。

时光倒回35年前，她把写在日记本里的这两个心愿和好朋友说过。没想到这个好朋友嘴巴不严，散播出去了，大家都嘲笑小敏，心愿也太不切实际了，就她那一圈一圈酒瓶底似的高度近视眼镜，想不戴眼镜就能看清世界，根本就是妄想。有一天成为作家就更离谱了,小敏学习成绩差,数学差,语文也差,如此底子怎么能成为作家呢?

遭到嘲笑的小敏,出路于她只剩地缝,因为她也明白,她的这两个心愿是不可能实现的,但夜深人静时,她被自己的高度近视眼镜折磨得鼻梁疼耳朵疼、头疼眼睛疼时,她就会默默在心里祈祷,未来发明一种药物,往眼睛里一滴就能恢复视力。她可以看清黑板上的字,可以看清马路对面的人,她该多幸福呀。

小敏学习不好,她不会做考上大学的梦,但做作家梦可以呀!很多作家也没读过大学,她为何不可呢?她喜欢写作,虽然作文写得不好,也从未被老师在课堂上当范文读过,但她还是常常幻想自己有一天成为一位作家,把心里的故事写给大家看。想着想着,她觉得自己学习不好,考得不好,被嘲笑也没啥大不了的,所有这些苦难都会变成她未来写作的素材。

小敏初中毕业没考上高中,她上了技校,技校毕业后进了工厂,成了一名流水线工人。三班倒的生活枯燥乏味,同车间的女孩都盼着自己能嫁个有钱的人家,脱离苦海。小敏从未这样想过,她下了班便回宿舍读书,读累了,就开始闭眼构思她

的小说。

2008年,她买了电脑,开始在文学网站上发表自己的小说。开始只是写着玩,可无心插柳柳成荫,竟然有很多人阅读,也得到了网站编辑的认可,成为网站的签约作家,后来小说也顺利上架,小敏通过写小说赚到了人生第一笔稿费。

那时,近视眼激光手术在国内的技术已经非常成熟,小敏也通过手术摘掉了眼镜。没想到,时隔多年,小敏的心愿都实现了。

问小敏,假如她当年的心愿一直实现不了咋办?她说,那就一直许下去,畅想一下又何妨呢,又不耽误当下的生活和工作。给未来以希望,才能哄着自己熬过苟且的日子。

记得以前看过一部电视剧,一位医生不幸感染了艾滋病病毒,身为医生他知道这病无药可救。失去生活信心的他,请教一位心理医生,活着还有什么意义。心理医生告诉他,好好活着,因为只有活着,才能等到医学进步到攻克艾滋病病毒的那一天。

当自己身处低谷,看不到生活的希望时,请让自己有点"不切实际"的想法和愿望吧。社会在进步,环境在改变,自己也在成长进步，全世界都充满变数，今天看似不可能做到的事儿，未来不一定做不到。所以，人要心存美好，对未来抱有信心，"近忧"不是包袱，它是未来寄存在我们这里的包裹，早晚有一天，它会被取走，还会对我们说声："谢谢，这么多年带着我负重前行。"

所有的结局都未曾写好

王国梁

席慕蓉诗中有这样的话："所有的结局都已写好，所有的泪水都已启程……"青春故事，可以预先写好结局。结局，一直是我们最关注的内容。

记得小时候，看电影《人生》，那时候还不大懂里面的内容，但我们都喜欢讨论最后的结局。"高加林最后怎么样了？巧珍呢？""高加林被开除了，又回到农村了，可是巧珍早嫁给别人了。高加林真是活该！"我们以为，这就是故事最终的结局，很解气，又令人唏嘘。

小时候喜欢看大团圆的故事，不喜欢伤感或者悲惨的结局。这种心理，在很多童话故事中得到了满足。好多童话故事的结尾都是"从此，王子和公主过上了幸福的生活"。多年后，我终于明白，"王子和公主过上了幸福的生活"根本不是最后的结局。年轻时，我们都是王子和公主，但婚姻不是童话故事的城堡。世上没有完美的婚姻，王子和公主的婚姻生活，很可能平淡无奇，乏善可陈，甚至可能面对未可知的欺骗或伤害。那些婚姻走向分崩离析的怨偶，曾经不也是让人艳羡的王子和公主吗？

再回到电影《人生》，高加林回到农村会怎样，巧珍嫁人后幸福吗？只要主人公还在，故事就永远没有结局。所有的故事都不能画句号，很多故事可以一再"续集"。

你知道《一千零一夜》的由来吗？古代东方有一个国王山鲁亚尔生性残暴，每晚娶一个王后，第二天早晨就把王后杀掉。一个名叫山鲁佐德的女子，为了拯救其他人，自愿嫁给国王。她用讲故事的方法，引起国王兴趣，因而未遭杀戮。此后，她夜夜讲述，故事一个接一个，一直讲了一千零一夜。最后，国王终于悔悟，放弃暴行，与山鲁佐德白头偕老。山鲁佐

所有的结局都未曾写好

德是聪明的,她懂得所有故事的结局都未曾写好,这样国王可以每天怀着好奇之心听故事。她用故事感化了国王,也挽救了自己和别的女子。

所有的结局都未曾写好,这样我们才可能任凭想象驰骋,构想一个个神奇的故事。不少人对高鹗续写的《红楼梦》不满意,一千个人就有一千种思路,没有谁会续写最后的结局。所有的故事,都是完而未完,结而未结。

我有个朋友,每次看小说或者追剧,都会忍不住提前看一下结尾。其实她关注的,仅仅是人物暂时的命运,最终的结局永远是扑朔迷离的状态。电影《大话西游》中紫霞仙子说:"我猜中了前头,可是我猜不着这结局。"故事随着紫霞仙子的香消玉殒,才真正有了属于她的结局。

所有的结局,都未曾写好。我们的人生,难道不也是一个曲折的故事吗?谁能料到自己最终的结局?你所拥有的也许正在失去,你所失去的也可能在来的路上。塞翁失马,焉知非福;十年河东,十年河西。古人早就彻悟,没有谁的人生结局是早已写好的。你此刻的得意,也许是"水满则溢,月满则亏"的预兆;你此刻的失意,也许正是黎明前最黑暗的时刻,很快即将拥抱曙光。

人生的故事,充满了太多的未可知。正因为如此,人生才成为一棵枝叶丰茂的大树,枝枝掩映,摇曳生姿,多了错综复杂之美。正如罗素所说,参差多态乃是幸福的本源。

所有的结局都未曾写好,所以人生才充满了魅力。人生不要虚度,生命不可马虎。我们认真过的每一天,都是在为生命书写属于自己的结局。

不跟别人比悲欢

羲水

　　成熟的一个代价是：经过生活的百般锤打，在接下来的人生里，我并非愈挫愈勇，而是深深地认识到有些事情做起来是真的无能为力。这会让人感到悲伤，感到苦闷。

　　然而，一方面意识到自己的无能为力，另一方面又会在自己应该做好、能够做好的事情上竭尽全力。也许我会活得更加沉默，却也不乏一种笃定，面对他人的嘲笑时，我更愿意温和地笑对自己悲喜交集的处境。

　　有些付出，只获得秕谷，这让我更加感恩一滴汗水就有一颗饱满果实的收获。山高水长,风雨无期,我希望自己能够拥有更多的耐心和静心。

活在自己的内心世界里,这没有错,好心情堪称一笔不可多得的财富,让人活得慷慨、友善和蓬勃,并且向外散发亮光。童话中的快乐王子并非每分每秒都快乐,却在奉献牺牲的过程中懂得了快乐的真谛,赢得了人生终极的快乐。如果我能够奉献的并不多,那么我愿意忍住自己的悲伤和痛苦,在自己经过的地方,树木依然绿着,花儿依然盛开,听闻人群的欢闹,也会抬头微笑。

后来,我不再界定自己究竟是一个乐观的人,还是一个悲观的人。我希望自己的情感永远不要干枯,对外界的感受永远不要麻木扭曲。一根刺扎到身上,我仍然能够感觉到疼痛,难道是不正常、没必要的吗?我宁肯成为一个真实的人,也拒绝成为一个矫饰的人。真诚比故作乐观要重要,我以我的弱小体恤蚂蚁的脆弱。

我知道,自从童心减弱,纯真淡薄,再想以郊游的心态对待每一天的生活,让自己像别人祝福的那样天天都快乐,这几乎是一种让人怀疑的童话。不可低估人生的艰难,也不可回

避人生会面临的困境。如果没有足够的智慧渡过难关，我就只能多一些忍耐和坚韧——智者说挺住就是一切。一个弱小的生命最终抗拒不了时间的侵蚀和剥夺，但是生命依然富有尊严和意义，它轻易不会倒下，即使被碾为粉尘，也会留下记忆的惯性，凡是有生命拥抱和献身过的地方都是可歌可泣的圣地。

看到站立在商店门口的充气人偶，我也会眼眶湿润，思索良久。这样的人偶只需要充满空气，便可以不管不顾地快乐起舞，即便一次次因为缺少支撑而倒下，也会被鼓风机一次一次地吹满空气，竖立起来，继续颤抖着身躯，迎风摆舞。说人偶忠于职守也可，说他乐观天真也可，甚至说他滑稽可笑也可，然而我分明感觉到这样的人偶也有一颗充满个性的心，也有一种与众不同的精神。充气人偶使人世间多了一种选择，多了一个解读的符号，他也许足够古怪，却并不是异类，因为许多人需要他，他同样给了我们非凡的快乐。充气人偶不跟人们比有无，我也不应跟他人比悲欢。

有趣的事物也有生命，有趣的生命更具活力。当屏蔽不了生活的灰暗时，我希望自己能够吸入更多富有趣味的空气，用来活跃僵硬的身躯、打破狭隘的思想。勇敢本身就是一种人生的启迪，勇敢的平凡人不需要对我多讲人生大道理，他们也会流泪，却是清澈顽强的泪水。一个人倘若能够做到既有趣又勇敢，在我的心目中，他就是完美的人，有这种人在身边，我的快乐会更加深沉持久，身后的道路也会越走越长。

书籍是另一种完美的存在，那里也有勇敢有趣的灵魂。不管在生活中付出多少无谓的代价，我都能够在书籍里得到弥补。我感到窒息时，书籍总是向我吹来清新的微风；我最沉默的时候，也是端坐在书籍中冥想的时候，出来时我也许仍旧两手空空，却又是那么心满意足。

眼看就要走到人生的悬崖绝路了，然而一路上总有奇异和美好来挽救我的信心，重塑对生活的依恋，我也慢慢地接受了自己的渺小，看到了自己的独特。让梦想飞过悬崖，让绝路变成眼前的风景，这时候的自己说起来也有了故事，故事中也有了主人公。想到那些已经走过的长夜，我便有了迎风起舞的从容镇定，快乐袅袅如烟散去，留下的则是不为人知的深情。

徜徉

路来森

徜徉，是一种生命状态，自在，自由，甚至于有些散漫。韩愈《送李愿归盘谷序》："膏吾车兮秣吾马，从子于盘兮，终吾生以徜徉。"

"终吾生以徜徉"，一生徜徉，何其悠然哉？何其潇洒哉？感觉怎么做，都好。

徜徉于野，四季皆好，皆美。可听，可赏，更可悠然神思。

"春听鸟声，夏听蝉声，秋听虫声，冬听雪声，白昼听棋声,月下听箫声,山中听松风声,水际听欸乃声,方不虚此生此世耳。"声声入耳,俱成佳妙。可,难道只是听吗?目以赏色,境界更美。看山青,看水绿;看平畴嘉禾,郁郁葱葱;看小河流水,潺潺涓涓;看白云,蓝天飘逸;看飞鸟,枝头雀跃;俱然美不胜收。大自然之美,无处不在,徜徉大自然,就是拥抱大自然,你就是一位自然之子,淳朴如婴儿,心地圣洁,一派天然。

"登山则情满于山,观海则意溢于海",重要的是,美景当前,人则每有所思,思绪悠悠,就是一种精神的飞扬,一种意志的激昂。于是,诗情洋溢;于是,意志勃发;于是,人的精神世界,就得到了极大的丰富。

若然想体味俗世之美,自可徜徉于大街小巷。

大街上,车水马龙,人山人海,但只要你有一颗宁静之心,热闹就只是属于别人的。你,可以做一位静观者,看人世百态,观人生百相。有人笑,有人哭,有人闹,各具情态,各有心思,这便是俗世人生,这便是烟火尘世。若然爱静、爱古,你就不妨走进一条城市小巷,总有一些小巷存在,曲径通幽,"通幽"的不仅仅存在于湖海山林,沟涧小道,人烟稠密

写好结局所有的都未曾

处，照旧有曲径通幽处。

幽则古。小巷深处，情境自佳，每每有古宅深院，每每有古貌之人，有古树、古墙、古旧之风景。一步一步地行走着，凹凸不平的青石板路，每一步，都有着古人留下的印痕，每一步都回荡着远古的跫音。此时，你的徜徉，就是一种怀古的徜徉，思绪悠悠，你思想的触角，伸向的就是时间的深处，就是历史的沧桑处。

隐藏人海，徜徉大街小巷，你也可以做个闹市中的隐者。

书山文海，更足徜徉。

工作之外，我唯一的爱好，就是读书。于我，读书，已然不仅仅是一份业余爱好，更是成为一种生活方式。书太多，文太丰，如山般高，如海般阔，我从来不问为什么，也从来不问会有什么结果，我只是读——一味地攀登，一味地漫游。我只喜欢阅读过程中，生发的那份快乐，那份欢喜，那份叫人悠然神往的情趣。

但我也知道，读书会有一种潜移默化，会有一种灵魂滋养。苏轼说"腹有诗书气自华"，读书，能改变人的气象，其实，又何止于此？读书，就是一种对话——与高尚的人对话，在对话中，影响自己，提高自己，使人的精神更加饱满，生命境界更加崇高。

徜徉书山文海，注定是一种对生命质量的提高。

总有一种境界是最高的，而徜徉的最高境界，则是思想的漫游。

人，总会有所思，有所想。笛卡尔说："我思，故我在。"思考，思想，是证明一个人"存在"的最好表达方式，也是最高的表达方式。纵使你不能成为思想家，你也可以从身边的生活，思考而起，而有所思，就会有所得，每一次对生活的思考，都会使你的思想境界提高一点儿，积累多了，你也许就成了一位生活的哲学家——蒙田的哲学，不就是一种生活哲学吗？所以，有人就说："阅读蒙田，就是为了更好地生活。"

思想的最高境界，是哲学；而哲学的最高境界，应该是贴近生活，指导生活。

在生活中，思考、思想，就是徜徉的最高境界。

南北东西都有路

米丽宏

临近中午,边做饭边听歌,听到一首《舍离断》:"不坐仙山,不坐禅,笑我打水用竹篮……"心里一动:得失不判,舍离看淡,这是多么洒脱!

而现实当中,面临选择,能有几人如此潇洒?

刚刚我就站在塞得满满的冰箱前,愣了足足一分钟。我在琢磨午饭:家里四个成员的口味要照顾到;菜谱要有荤有素、营养全面;餐桌布局要吸睛又美味;馒头花卷该消灭一下了,可是米饭似乎更合心意;黄瓜茄子辣椒,选黄瓜吧,用它的脆感提提神，还是西红柿吧，搭配米饭颜值更高一点……

以往，我在冰箱前苦苦筹谋时，我女儿就夸我是"厨神"。不"神"咋的？我每征求她的意见，总毫无例外地收获两个字——随便。

人说，天秤座的人有选择困难症。其实，在众多选择面前，人人都会有点怵。我们每天都会面对许多选择，并且必须花时间和精力在一个个或琐碎或重大的选择中勾选中意的选项，做出艰难的抉择。问题是，有时候，每个选项都很诱人，我们总想选择利益最大化的，最好鱼和熊掌兼得。

前天，跟几个女伴喝了半天茶。一个小友，正陷于选择的两难里几乎抓狂。她四年前凭借优秀的专业才华和出色的临场发挥，一举拿下公务员招录第一名，顺利任职于市政府办公室。四年磨合，业务能力纯熟了，人际关系润滑了，自己的小家庭也收获了美满，小宝宝也已蹒跚起步了。一切都顺风顺水。可是，忽然一个机遇降临，省城一家著名央企招文职，她的条件又恰恰全部合格。关键是，当前安逸的生活还令她生了厌倦，她在暗暗渴望改变。于是，她萌生了到省城发展的念头。

所有的结局都未曾写好

但这样一来，一切必得从头打拼，且面临着诸多未知的不确定：将来工作是否如意？房子问题怎么解决？孩子的照顾和教育问题……如果不去尝试一下，白白地放弃，心有不甘。

小友站在十字路口，向左？向右？茫茫然，决策不下。命运给了选择权，同时附赠选择的焦虑。

那天茶席上，一位教生物学的姐姐讲了一种可爱的小动物——猫鼬。这种獴科动物，生长在非洲大草原，身体修长，四肢匀称，满身咖啡色绒毛。最萌的是，这家伙能用尾巴和后腿支撑着身体，像人一样直立着往远处观望。这个很拉风的习性，导致猫鼬的脖子延长了四厘米，眼前有了盲区，从而寻找天然洞穴的几率减少三成。它们不得不常常动用尖细的爪子来挖洞。

选择了享受观望远处，就得承受眼皮底下的盲区。那个姐姐说，这就是得与失。

道理明白，但在座的朋友们，谁能替小友敲定去留呢？她自己都摇摆得厉害。不过，她更清楚了：选择的本质就是取舍，得到这个，就要放手那个。兼得，基本是不可能的事。

有关选择，遍及生活的角角落落，很多都并不是非此即彼的问题。我认为，如果感觉每一个选项都有道理，那么，你就没必要举棋不定，只管做决定，行动起来就是。你动起来，事情的齿轮就一点点滚动起来。事情本身的逻辑，会推着你往前走。

你选择了写诗没成为诗人，但你看待世界的方法会改变；你选择了练瑜伽最终没练成，但你的心境脾气会变好；你打球没打赢，但你血管中的含氧量高了。你辞职去了省城，没有得到期望中的完美，可你发现你的平台和视野更开阔了。

东西南北皆有路，重要的是——用心走起！

等风来

王丕立

若干年前,我和母亲到六斗冲摘棉花。"双抢"刚结束,人特别疲乏,缠在身上的包袱塞满刚摘下的皮棉,人热得直冒汗,我和母亲只得一趟趟到树荫下歇息。

坐在那棵硕大的岩长树下,虽然晒不到太阳,仍感暑气蒸腾,我取下头上的草帽,捏紧帽檐,不停地给自己扇风。可我不仅没感到凉爽,反而更热了,身上的汗汇成了一股股溪流,在周身肆意流淌,脸涨得通红。母亲见了,轻声说,天热一定会起风,别急,等风来,一会儿就凉快了。

听母亲如此说,我放下草帽,仰头注视着蓝天白云,突然发现,白云像棉花一样蓬松、亮白,正怀疑是不是地上的棉花映照到了天上,一转眼,轻柔的白云一下便散开了,只剩下斑斑点点的白,似残雪。刚一想到雪,四周的灼热便消停下来,忽然一阵风,我感觉凉丝丝的,身上很快便息汗了。

后来,我学会了在酷热的夏天安静地"等风来"。

菜园子垱头的老板栗树荫下,挑水浇园累了的我,等风来;山林砍柴,田野割稻,菜园锄草,我常常不急不躁,静等风来,我的静等每次都如愿迎来凉风习习。

等风来时,我无数次在脑中回想着母亲说的故事。她说,一只因受伤困于山中的大鸟,伤好之后再也腾不起翅膀。大鸟那个急呀,于是它整天扑棱棱拍着翅膀乱转。土地爷见了,心疼大鸟的伤痛,感动大鸟重回蓝天的执着,于是,他建议大鸟少安毋躁,静等风来。果然,大鸟休整几天之后的一个傍晚,一阵大风吹来,大鸟乘势骞翮而起,扶摇直上,重回蓝天。

长大以后,我才知道故事是母亲杜撰的,那时,我已在县城读中学了。在县城读书的那些个夏天,天气总是炎热得离谱,教室像个蒸笼,同学们个个汗流浃背,没有电扇,更别说

写好结局所有的都未曾

空调。那些日子，我都在"等风来"中稳住阵脚，每次仿佛都感觉到有一束束光亮照进书中的字里行间，打通我认知世界的任督二脉，身体为之一爽，暑气顿消。

慢慢地，每当我感到燥热难耐时，我习惯先静下心来，把控住自己的情绪，然后耐心等风来。当风跌跌撞撞迎上我的面颊时，我第一时间便感觉到它带来的凉意，燥热一扫而光。

在后来的生活中，我感到所有棘手的事都像酷热一样考验着人的耐心，我们稍不留意便会乱了方寸而丢掉自己的初衷，就像有些同学当初因为热而放弃读书。每当我意志力受到挑战的时候，母亲那熟悉的身影便会出现在我眼前，"等风来"像一道神谕，霎时使我安静下来，最终找到圆满解决问题的办法。

其余的都是锦上添花

张军霞

小美是个天资聪颖的孩子,妈妈从小也对她寄予厚望,送她进当地最好的私立学校,给她请一对一家教。为了让小美上钢琴课,妈妈也是不辞劳苦,每个周末都要开车从小城到省城来回奔波去听课。小美没有辜负妈妈的期望,学习好、气质好,样样都很出众。没想到,就在一个月前,小美上课时突然晕倒在教室里,被学校紧急送到医院之后,确诊为一种比较罕见的心脏病,我们当地治不了,市里的医院也治不了,只能去北京一家儿童医院。

所有的结局都未曾写好

大医院患者多,提前一个多月就开始预约,好不容易才排上号,在带着小美在北京治病的那些天,她的妈妈时不时在微信上跟我聊天,说现在一心只祈祷女儿闯过手术这一关,相对于她的健康来说,其他都不重要。

这句"其他都不重要",让我想起表弟的故事。他大学毕业就去了南方,在那里一路打拼成了一家知名公司的高管,年薪几十万,早已在当地买房买车。五年前,他娶了中学时的初恋小丽,她随他去了南方,也找到了一份不错的工作。他们的日子本来过得顺风顺水,不料随着儿子的出生,问题也接踵而至:首先是孩子不太适应南方的气候,一到梅雨季节就患湿疹,孩子每次发病都会日夜啼哭,小丽心疼孩子,决定辞掉工作带孩子回老家。

表弟当然不愿意和妻儿分开,但为了孩子的健康也别无良策。此后,他们夫妻也只能通过电话互相沟通,表弟要隔好几个月才能回来一趟,渐渐发现小丽也有点不对劲,时常独自发呆、叹息,有时一整夜都不睡觉。表弟问小丽怎么了,她说觉得心里发堵,总是睡不着觉。他们去了医院,小丽被确诊为中度抑郁症。表弟没有过多犹豫,直接辞掉了南方的工作。

如今，他在我们这个"十八线"小城市，做着一份月薪三千多元的工作，每天下班后陪着小丽出去散步、聊天，周末她去上烘焙课、花艺课，他也前前后后一路陪护。因为有了爱人的陪伴和呵护，小丽的心情越来越好，抑郁症状明显减轻了。有一次，我们在一起吃饭，小丽忽然叹息着跟我说，表弟为了她放弃了那么好的工作，太可惜。这话正好被表弟听到了，他就调侃她说："老婆大人，你好好的，儿子好好的，我就一点都不亏。钱嘛，咱多赚多花，少赚少花，没啥了不起的。"说着，他又故意哼起一首歌："你在我心里最重要……"小丽的脸红了一下，笑了。

那天，我看一位同事在朋友圈里转发了一张看落日的图片，还加了一句话："家人和自己平安快乐才是第一，其余的都算是锦上添花。"说真的，我很喜欢这句话。也许人活一辈子，各自追求的目标都不同，但无论你在职场多优秀，也无论你年薪有多高，家人的平安快乐都是应该放在首位的，其他顺其自然，一切随缘。锦上添花固然皆大欢喜，平平淡淡，简简单单，也是一种幸福。

不知道

逢维维

当父亲从重症监护室转到康复科时,我迫不及待地观察着父亲的一举一动。

怎么只有左手左腿会动?怎么眼神呆滞目光涣散,不认识我们了?怎么肺里的痰总是吸不完?什么时候能拔出鼻饲、尿管?什么时候能恢复意识?什么时候右边能动……面对我一堆的"什么时候",医生总是回答"不知道"。

在"不知道"中我焦虑抑郁,崩溃得大哭。直到医生大声呵斥我,"脑中风康复是长期的过程,也许半年,也许一年,也许两年，也许……就你这样，怎么能照顾好你父亲？不知道也是希望！"

不知道也是希望？我一遍遍咀嚼着这句话，重新审视"不知道"这三个字。

一颗珍珠要在黑暗中经历多少不知道的等待，才能有耀眼的光芒？一只翩翩起舞的蝴蝶，要在黑暗中经历多少不知道的等待，才能迎来起飞？一颗小小的种子，要在泥土里经历多少不知道的等待，才能成为一棵参天大树或一朵花？在等待中，它们要经历多少不知道，才能迎来新生？

我多了安静，少了浮躁；我多了牵挂，少了吵闹；在不知道中，我严格按照医生说的，在护理中每一个环节都做到位，无菌操作吸痰，体温终于控制住了，医生高兴地说："这就对啦，做好护理，就是你的知道……"

我终于明白，由不知道到知道，是一步步做出来的、走出来的、熬出来的。不知道，就是最好的希望。

不知道也是一种幸福。面对疾病，面对生命，面对爱情，面对一切想要答案却没有答案的不知道，这是一种幸福。在ICU病房48小时内抢救三次的王大爷说："我不怕死，但怕独

写好结局所有的都未曾

生子的孩子在我死后就是孤儿了,为了能继续做挡在孩子和死神之间的那堵墙,我再累再疼都要咬牙坚持,练习站立、走路、上下台阶……在不知道的康复中,孩子是我和死神之间的那堵墙。"

不知道是人生中最痛苦的部分,也是人生中最有希望的部分;如果你的天空一片漆黑,那就等待这一缕希望。

当我不再苦苦追问医生时,当任何人对我说出"不知道"三个字时,我不再激动愤懑,而是欣慰于他们让我在真实中看到,不知道也是希望。

一颗素心对日月

卿闲

柿子树的叶子似乎一下子落尽了,从它身边过,我惊诧得有点小题大做。怎么这么快呢?仿佛一眨眼的工夫,满枝的斑斓绚丽就成了满枝的光秃秃。更像一场绮丽的梦,突然就醒来了,空落落的,又跌回山寒水瘦的现实里。

惊诧失落之余,倒是豁然清朗,一身轻松。

柿子树原是个老树根,夏天时被锯掉了上面的部分,没想到她很快就生机勃发,蓬出了枝枝叶叶,俨然一棵树的样子,只是比原先的枝干玲珑些,很像棵花树。叶子很特别,肥厚硕

所有的结局都未曾写好

大,青翠欲滴。到了深秋入冬的这段时间,叶子渐渐地又转成了黄橙色,又变成了绯红,很美,真成了一棵花树。

不久前,几场风呼啦扫过,杨树的叶子纷纷扬扬凋落,槐树的叶子也落了一地,柿子树却依旧美得惊心。尤其是阳光好的时候,从它身边过,心情也会陡然好起来。然而绚烂的美好是好,怕就怕物极必反,不免要让人不由自主地忧虑它的长久。

《红楼梦》的不朽是超越时间感的,其中之一是把人生的真相都参透了,前几十回的热闹越发显出后面的凄凉。宝玉希望姐妹们永远热热闹闹在大观园,谁都不离场。这不也正是人性里对所有美好的愿望吗?可惜天下没有不散的宴席。

花可以一直开,那是假花。月亮不会一直圆,日子也不能只有白天没有黑夜,否则就违背了自然规律。

《红楼梦》的开篇早已交代了结局:"那红尘中有却有些乐事,但不能永远依恃;况又有'美中不足,好事多魔'八个字紧相连属。瞬息间则又乐极悲生,人非物换,究竟是到头一梦,万境归空。"

美中不足今方信,谁都不可能拥有完美,不现实。包括一棵树，也要经历光炫和落寞。

光炫未必是好事，落寞未必就是坏事。"落红不是无情物，化作春泥更护花。"叶落归于根，为来年默默储蓄能量，根才决定了本质的高度和深度。

去年看叶嘉莹先生作品集，非常喜欢她在序言里写的一句话："以无生之觉悟做有生之事业，以悲观之心境过乐观之生活。"

她现实的人生坎坷多难，诗词是她的救赎，在诗词里她神采奕奕，永远青春飞扬，渡己也渡人。"谷内青松，苍然若此。历尽冰霜偏未死。"《踏莎行》中铿锵的字句正是她行走人世的飒然姿态。

早上在地铁里看黎戈的一篇文章，她写喜欢陶渊明是在中年之后。她说，在夜间难眠的枕上，一首一首读下去，几欲落泪。经历了多年坎坷的她"像擦干净一扇蒙尘的窗"，终于走进了陶渊明。

"少无适俗韵，性本爱丘山。""种豆南山下，带月荷锄归。""采菊东篱下，悠然见南山。"这些经典的诗句在当时的魏晋华丽词风的风气里是格格不入的。他不肯为五斗米折腰，

所有的结局都未曾写好

那就只好退守田园,枯荣自守,孤寒自处。归隐出仕的辗转纠结,落魄与难堪,都化为一池静水,素淡以对日月。这份落寞和清淡的素心却也成全了他,与日月同辉。

送别

何小琼

自古有相聚就有别离,有别离就有送别。悠悠长歌,风轻云淡,这世间再多的离别愁绪,也敌不过岁月的煎熬。许多年后,再次听《城南旧事》中的《送别》,与当年相比,就多了几分忧虑,也略微懂得了影片中的深情厚谊。

当年看《城南旧事》我还年少,是学校组织去看电影。我们只觉得满目凄凉,年少的心性是活脱跳跃的,当那首《送别》响起,只感觉到莫名的忧愁。忧伤的音乐,缓缓传送的类似诗词的长短歌词,有一种触动,优雅中透着沉稳。虽然当时年少,

写好结局所有的未曾

却也记住了歌词的美,一种至今无法有歌曲比拟的柔美。

"长亭外,古道边,芳草碧连天。晚风拂柳笛声残,夕阳山外山。天之涯,地之角,知交半零落。一壶浊酒尽余欢,今宵别梦寒。长亭外,古道边,芳草碧连天。问君此去时来,来时莫徘徊。天之涯,地之角,知交半零落。人生难得是欢聚,唯有别离多。"歌曲声声入耳,字字追心。长亭,送别,古道,青草。晚风笛声幽怨,那夕阳在山外山之处。拿起酒壶一饮而尽,今宵离别之后恐怕再无相聚之日。人生苦短,何不看破,潇洒惬意地自取所喜?

至今无法考证李叔同当年所送何人,更有人理解为,是他将告别凡尘,弃世出家。这也能够理解诗词中所透露的落寞和感叹。无论如何,至今依旧经久不衰地传唱,可见《送别》的魅力非同一般。

有人说,没有经过离别,不会懂离别之苦,没有离别之苦,不会体验相聚的温情。在中国古诗词中,也不乏送别诗,也可以说是重要的诗词主题之一,表达着人们的依依惜别之情。

李白的"浮云游子意,落日故人情",王维的"劝君更尽一杯酒,西出阳关无故人",还有王昌龄的"洛阳亲友如相问,一片冰心在玉壶"……这些送别的诗句，是当年看了电影之后，班主任特别用了一节课的时间为我们讲解古诗词中的送别，让我们意犹未尽。

最朗朗上口的是李白的《赠汪伦》："李白乘舟将欲行，忽闻岸上踏歌声。桃花潭水深千尺，不及汪伦送我情。"当年全班背诵最快的一首送别诗，在老师生动的讲解下，我们甚至脑补了汪伦和李白当年惜别的场景。

三年前去武汉，看到了闻名的黄鹤楼，脑海中不禁闪现出李白那首千古绝唱："故人西辞黄鹤楼，烟花三月下扬州。孤帆远影碧空尽，唯见长江天际流。"那气派，那一望无际的洪流，冲淡了离别的忧愁。李白早已化为尘土，但一首《黄鹤楼送孟浩然之广陵》，就有了那千古流芳的美名。居高临下眺望那滚滚长江，有一种恍如隔世的感觉。

年年岁岁花相似，岁岁年年人不同。花开花落，每天的花事繁华都是同样的场景，但看花人却是每年都变样。人生海海，多少相聚和离别都是缘分。何不珍惜现在，让相聚多一点欢乐，让送别也多一分坦然。岁岁年年，年年岁岁中，各自品味人生吧。

千里之行，始于心灵

张云广

一条河流横在了通往目的地的路上。

乐观者坚信一定会等来摆渡的船夫，悲观者坐在河边徒自兴叹；勇敢者奋力游向了彼岸，懦弱者选择扭头原路折返。

面对同样的一种情形，不同的人给出了不尽相同的判断，于是也就有了按照他们所做出的判断而走出的不同路线。

世间道路千条万条，其主要原因大概就是缘于此吧。

受到赞扬，自强者信心更充盈；遭遇嘲讽，自强者意志更坚定；获取成功，自强者斗志更昂扬；逢上失败，自强者愈挫而愈勇。

自强是自强者的发动机。身边发生的任何事情都可以转换成拒绝平庸、更加自强的向前推力。

受到表扬,自满者陶然止步;遭遇嘲讽,自满者偃旗息鼓;获取成功,自满者沾沾自喜;逢上失败,自满者以天命诠释之,就像那位被围垓下的项王所言——"此天之亡我,非战之罪也"。

自满是自满者的座右铭。身边发生的任何事情都可以搪塞成拒绝进取、继续自满的牵强借口。

人生之路就是这样:心灵先走过,脚掌才有可能会通过,而那一度抗衡磁力的心灵指针倔强指向的方向,往往就是人生的大致走向。

"西蜀之去南海,不知几千里也,僧富者不能至而贫者至焉。"是的,人之跋涉、人之立志,与贫富无关,与尊卑无关,与荣辱无关,也与一时的处境之顺逆无关。

千里之行,在始于足下之前,其实早已始于心灵。

时间

向墅平

一

一棵生长旺盛的树。

树根和树枝，一起携时间之手，在自己的轨道上奔跑。

树根一点一点，不断向下生长，更深地钻入土地的心脏。

树枝一点一点，不断向上生长，更高地腾入天空的怀抱。

时间，可以让世间之物，向着不同方向运动。

二

甲乙两个人，于某一时刻，开启了他们的行程。

也不知过了多久,甲终于望见了自己想要抵达的地方。目的地即在眼前,甲觉得自己的一路辛苦没有白费。

乙却越走越心下茫然。他想要抵达的地方,依然还在梦里。其实,乙离目的地愈来愈远,只因他整了场"南辕北辙"。

跟对了时间,你就会在时间的帮助下,成就自己。跟错了时间,你就会在时间捉弄下,迷失自己。

三

时间对记忆的态度,也可以截然相反。

生命中,有些遇到过的人和事,会随着光阴的流逝,与我们渐行渐远,慢慢消逝于岁月的渺远处,杳无影踪。

而有些人和事,却长久地留存在我们的记忆里;纵然时隔经年,依然历历在目,余温犹存,触手可及。

时间懂得,用筛选,来处理记忆。

四

时间,给一切生命之树,箍出了一圈又一圈年轮。

有的人,很快在与岁月的对抗下,败下阵来。年华一旦逝

去，青春容颜随衰；而老去更快的，是心。甚至未老先衰，人尚年轻，心已枯萎。

有的人，却能和光阴化干戈为玉帛。即使年华留不住，也能留住一颗长青的心，留住一份不老情怀。甚至也可以因养心而养颜，青春风采常驻。

在与时间的博弈中，真正的主打，是自己；时间，只是一位或优或劣的陪练而已。

五

人心，也在时间的流逝中，接受考验。

尘世中，会有这样的两个人，或者朝夕相处，却彼此漠视；久之，咫尺若天涯。或者分隔两地，更是互相淡忘，久之，形同陌路。

也会有那样的两个人，或者晨昏共度，彼此温情相依；久之，亲密无间。或者天各一方，却依然能长相牵挂；久之，天涯若咫尺。

时间之手，可以将心与心，推得更远；或者，拉得更近。

六

时间,也是情感的试金石。

大凡基础薄弱或疏于经营的情感,终会在时间的磨蚀下,愈发浅淡,直至荡然无存,不会有丝毫的留恋。

基础笃厚且善于经营的情感呢,却能在时间的培养下,愈发深沉,乃至珠联璧合,不会有半点罅隙。

时间,天生具有两张脸谱,一张黑脸,黑得薄情;一张红脸,红得深情。

七

悠悠光阴,漫浸在日常烟火日子里。

会过日子的人,懂得用匠心,把平淡装点得有几分诗意;懂得用耐心,把琐屑料理得有几分惬意;懂得用热心,把苍凉,抚慰得有几分微暖。

不会过日子的人,只知在苍茫的平淡里,活得了无生气;只知在无尽的琐屑里,活得浮躁不安;只知在红尘苍凉中,活得黯然无光。

时间在凡俗生活的宴席上,搁着两碗汤液,一曰蜜糖,自

然味甜；一曰黄连，自然味苦。就看你选择哪碗汤液，你的日子就是哪种味道。

八

最初的时候，人都会把某种愿望的种子，播撒在岁月的土壤上。

只是，光阴漫漫里孕育的种子，不可能于一朝一夕间，破土萌芽，及至开花结果。

于是，有的人慢慢失去了耐心与信心，慢慢放弃了努力。愿望的种子，也便慢慢烂在了土里。

而有的人，则会一往情深地，用心用情用力地付出着。愿望的种子，终会于一朝破土而出，并开花结果。

希望与失望，不过是时间孕育而出的两种不同的结局。

九

一种时间里，瞥见的是两种不一样的世界。

好的彼岸,永远的彼岸,更好都是

韩青

经常有朋友劝我别写散文、随笔了,因为,写剧本、小说比这挣钱多。对此,我总是付之一笑。我没有那个才华,我还是老老实实地写我喜欢写的东西吧,为了挣钱去写作,那也不是我的初衷。再说,写作也是一种习惯,写惯了一种文体,再让你换写别的文体,往往力不从心,甚至感觉到陌生至极。

很多人都有过这样的经历:之前,他们做某件事,做着做着就不想做了,觉得自己在这个方面做得可以了,没有什么提升空间了,于是想换做别的事。而事实证明,一段时间过

后，他们往往又回到从前所做的事上了。该做的，还是原来那件事。

说实话，某件事的完成就是一种好，但那往往还不是终结，因为，好的彼岸，永远不是最好，而是更好。所以说，生活中的种种好，其实只是一个个的驿站，而不是终点。正如庄子所言："吾生也有涯，而知也无涯。"好，无止境；探索，也无止境。

唐朝文学家韩愈曾说"术业有专攻"。一个人，不可能是全才，即使有，也是"样样通，样样松"，因为，一个人的精力和时间有限，能力也往往只让他在某个方面"大显身手"。所以，我们对自己擅长之事，就要锲而不舍，这样往往会大有所成，而我们也会因此成为某方面的专家。

世间的成功者，往往都是专心且专业的人。契诃夫在给尼·亚·列依金的一封信中写道："前不久我受了点诱惑。我应布克瓦的邀请，给《蜻蜓丛刊》写点东西。……我受了诱惑，就写了一个篇幅很长的小说，有一个印张那么长。"后来，他还是牢牢稳住了自己那颗写短篇小说的心。毋庸置疑，他的选择是对的，他一生都在短篇小说的田地里耕耘，可谓硕果累累,他也成为"世界三大短篇小说巨匠"中的一员。

古人云:"冰冻三尺非一日之寒。"任何一件事情要做好或做到极致,都必须付出极大的精力和心血。世间所有的成功,都是人们苦心孤诣的结晶,或者说,它们几乎都是深刻思考和探索使然。浅尝辄止,看到的只是现象;只有深刻介入,才能触达事情的本质。而我们让某些事情由好走向更好,就是从现象抵达本质的过程。在这个过程中,不要断章取义,比如,我们常常听到父母和朋友的一些批评甚至指责,可是,这只是现象,其本质是对我们的爱。如果误解了,那我们就不能理解那美好的本质。

因此,要想抵达美好的本质,我们就必须拥有正确的三观、足够的耐心和丰富的智慧。正确的三观让我们在由好走向更好的路上拥有道德的指引和监督,足够的耐心让我们在前进的途中守住初心,丰富的智慧让我们看到每件事都有它无限拓展和不断升华的余地。比如说,你要实现一个理想,首先,它必须属于真、善、美的范畴;其次,要做好吃苦受挫的准备,就像一条小溪要流向大海,中间会有很多的坎坎坷坷;最后,当你得到一些收获的时候,不要骄傲,因为,更好的硕果,还

在后头，这就好比你在自己的良田里，发现了油田。

可见，好的彼岸永远都是更好，可是，由好走向更好，是需要条件的，而这要靠我们自己去创造。当然，由好走向更好，呈现给世人的，不是一张张贪婪索取的嘴脸，而是一颗颗精益求精的心。

一棵不开花的苹果树

陌上青青

那是一棵十分特别的苹果树,栽种在菜园子里五年多了,它还从来没有开过一朵花,我多么希望即将来临的这个春天,它能开出一些粉红的花朵。

这棵苹果树,原本生长在村西的草甸子里,孤零零的,站在那些肆意疯长的茅草中间,流露着莫名的忧伤。看到形单影只的它,父亲便立刻动了恻隐之心,觉得它很像村里无儿无女的老薛头。于是,父亲决定将它移植到屋前的菜园子里,成为那些蔬菜瓜果的邻居。

所有的结局都未曾写好

被施了农家肥，浇足了水，喷撒了杀虫药，再加上父亲不时地修剪，懂得感恩的苹果树，快速地成长起来，不到两年的工夫，便宛然出落成一个秀气的大姑娘，肌肤光鲜，仪态端庄，还有着楚楚动人的气质。

"这么好的一棵苹果树，明年一定会结出香甜的苹果。"我抚摸着它粗壮的枝干，开始憧憬起来。

它却始终没有开花，只是一年又一年地粗壮着枝干，一年又一年地茂密着叶子，在四季轮回里幸福地生长着，无忧无虑，仿佛从未听到过有关开花的召唤。

那天，母亲要杀掉家里的一只老母鸡，招待远方来的亲戚。这只老母鸡上了年纪，现在几乎不下蛋了，尽管它原来是一个下蛋能手，但如今落到被淘汰的结局，似乎是注定的，我也爱莫能助。

那一棵始终不肯开花的苹果树，根须却一直在泥土里与豆角、茄子争抢养分，浓密的树荫还遮挡了不少辣椒该享受的阳光，我对它越来越失望了，建议砍掉它算了，就像母亲淘汰那只不再下蛋的母鸡一样，不必再犹豫了。

父亲却执意留下它，理由是：再等等，或许它现在还不想开花，还想无拘无束地疯长两年，等某一天它突然想开花了，没准儿会开出令人惊讶的花呢。

我查阅了一些资料，但没有找到苹果树不肯开花的确切原因。也许真的像父亲所言，它只是迷恋于生长，迷恋于做一棵春天发芽、秋天落叶的苹果树，至于是否开花，或者何时开花，它并不关心。再说了，谁规定了一棵苹果树就一定要开花结果？难道它不能按着自己的心愿活一回吗？别的苹果树喜欢开花就尽管开花好了，它只想尽情舒展自己的绿叶，为何要被责怪呢？

突然间，我对这棵执意不肯开花的苹果树敬佩起来：不管是命运注定了它无法开花，还是它自主选择了不开花，它都始终从容地赶着自己的路，倾听春风，笑对秋风，安然若素地迎接着四季的风霜雪雨，除了没有开出人们熟悉的花朵，没能结出人们想象的苹果，别的什么也不缺少啊，即便是有些遗憾，也无妨啊。谁的生命中没有一些遗憾呢？何况这棵苹果树又活出了独特的自己，没有走进那种千篇一律的生活模式……

写好结局所有的都未曾

如是一想，我便释然了，不再期盼着苹果树开花，反而觉得不开花的它更可爱，活得有想法，有个性，淡定而洒脱。或许父亲和母亲也是这么想的，不然，他们早就听从邻居们的劝告，将它当作生火的烧柴了。

多年以后的一个秋天，我和朋友一起去锦州游玩，到路边的一个果园买刚上市的苹果。那一树树红通通的苹果，令人口舌生津。蓦然，我想起那棵一直不开花的苹果树，便请教那位热情的果农，是否他也遇见过不开花的苹果树，他说当然碰到过，碰到了，就砍掉，倒出位置给开花的苹果树……

我能够理解果农如此干脆利索的选择。在我家菜园子里的那棵苹果树，是幸运的，虽然我曾期待过它开花，但我很少抱怨它的不开花，还渐渐地理解了它，一点点地欣赏它了。

与一位教哲学的老教授聊天时，我又提到了那棵不曾开花的苹果树，老教授感慨：那真是一棵有性格的苹果树，没有什么远大的理想，也没有什么值得炫耀的成就，就那么不疾不徐地活一回，自由自在，根本不理会别人异样的眼光，只是坦然地活自己，这样的一生也是富足的。

时光流转，见过种类繁多的开花的树，唯有那一株没有开花的苹果树，在我的心陌上深深地扎下了根，季季枝繁叶茂，在我出神的凝望与遐思中，那棵神奇的苹果树，竟开出一朵朵绚丽无比的意念之花，引我朝着生命的深处，一步步地执着走去。